挑まれた戦い

北町影同心3

沖田正午

時代小説

二見時代小説文庫

目次

挑《いど》まれた戦い——北町影同心 3

第一章　満月の下で

一

――名月も　名残惜《なごりお》しきか　酒の露

辰巳《たつみ》の方角に浮かぶ中秋《ちゅうしゅう》の名月を愛《め》でながら一句を詠《よ》むと、巽丈一郎《たつみじょういちろう》は杯《さかずき》に注《つ》がれた酒の、最後の一滴を咽喉《のど》へと垂らし込んだ。

「もっと呑みたいが、今宵はこのくらいにしておくとするか」

酒に未練を残し、丈一郎は干《ほ》した杯を膳へと戻した。

「見事なお月さまに、お義父《とう》さまの句も栄《は》えますこと……」

「世辞《せじ》は言わんでもいいぞ、音乃《おとの》」

「いいえお世辞などと……芭蕉《ばしょう》の名句にも劣りません。お酒への愛着がよく表現なされております。しいて言わせていただければ、惜しきのところを惜しいとなされば、お月さまの気持ちと合わさり一層よろしいかと。それと季語が二つ……」

「もういい、音乃。わしは、俳人でもなんでもないからの」

芭蕉と煽《おだ》てられ、天にも昇った気分を一気に突き落とされた心持ちに、丈一郎は音乃の評釈を途中で止めた。

舅《しゅうと》と嫁の俳句談義を、傍《かたわ》らで丈一郎の妻である律《りつ》が笑みを浮かべながら聞いている。

「無粋なあなたにしては、上出来だと私は思いますわ」

励ます口調は、世辞を言って笑うか。もう一本、酒をつけてまいれ」

「律までも、世辞を言って笑うか。もう一本、酒をつけてまいれ」

丈一郎は、卑屈となった。

音乃の夫真之介《しんのすけ》が、夜盗の凶刃《きょうじん》に倒れてから半年ほどが過ぎた、秋も半ばの巽家のひとときであった。

宵《よい》五ツを報せる鐘が鳴って、四半刻《しはんとき》もしたころである。

「今晩は……起きてますか？　こんばんは……」

息急《いきせ》き切った声とともに、慌《あわただ》しく遣戸《やりど》を叩く音が聞こえてきた。

「どなたでしょう、今ごろ……？」

「わたしが行ってまいりましょ」

律が腰を浮かすのを止め、音乃は立ち上がると戸口へと向かった。

「どちらさまで……？」

戸越《とごし》に声をかける。

「音乃お譲さまですか？　ご実家からの使《つか》いであります」

——実家で何かあったのかしら？

不安がよぎるも、いきなりということがある。丈一郎と音乃はこれまで、北町奉行榊原忠之《さかきばらただゆき》の影同心《かげどうしん》として、いくつかの事件を解決してきた。逆恨《さかうら》みもありえる。

不安半分、警戒半分で音乃はゆっくりと遣戸を開けた。燭台《しょくだい》の明かりに、来客の顔がぼんやりと浮かぶ。

「おや、菅井《すがい》様……」

音乃の知る顔であった。

こんな時限の遣いに、好事などあるはずがない。実家で異変があったかと、音乃の不安が胸いっぱいに広がった。

使いは菅井豊松《とよまつ》といい、有事のときは馬の口取として実父奥田義兵衛《おくだぎへえ》に仕える足軽であった。四十も半ばを過ぎた、見るからに朴訥《ぼくとつ》そうな男である。

「こんな時分に、どうなされました？」

「仙三郎《せんざぶろう》様からこれを……」

豊松が音乃に渡したのは、長姉佐和《さわ》の婿《むこ》である仙三郎からであった。義兄からの書簡など、今まで受け取ったことは一度もない。しかも、満月の夜分にである。実家で、大事が起きたことはたしかである。

「お母さまに何か……」

「いえ、奥方様でないのはたしかです」

豊松は首を振るもその受け答えから、書簡の中身は知らないようだ。

問うよりも、読んだほうが早い。

「さあ、お上がりになって……」

築地《つきじ》にある屋敷から駆けつけたのである。息も上がり、声を嗄《か》らし咽喉《のど》も渇いているようだ。音乃は茶で労《ねぎら》おうと、上がりを勧めた。

「いえ、ここでお待ちします」

書簡を渡したら用済みであったが、豊松も内容が気にかかる。それだけでも知りたいと、三和土《たたき》に立って音乃の戻りを待った。

「誰であった？」

丈一郎の問いに、

「父上の家来がまいりまして、義兄《あに》からの書簡が届きました」

「上がっていただけば」

「はい。お勧めしたのですけど、ご遠慮している様子で」

「私が、お茶をもっていってさし上げます」

音乃の実家からの使いであっては無下《むげ》にもできない。律は書簡の中身も気にはなったが、来客のあしらいを優先させた。

「早く開けて読みなさい」

丈一郎から促され、音乃は書簡の封印を解いた。

蛇腹《じゃばら》に折られた文を、音乃は無造作に広げた。

丈一郎にも聞こえるようにと、音乃は声に出して読みはじめた。

「前略　音乃殿にはご機嫌麗《うるわ》しくお過ごし……」

挨拶文は、先に飛ばして読む。

「今般義父上《ちち》が捕らえられたと大目付井上様《おおめつけいのうえ》からの報せあり 候《そうろう》 只々うろたえし候 義母上《はは》は衝撃で寝込み佐和は泣き崩れて候 如何《いかん》ともしがたく音乃殿に文を送り申し上げる次第……」

あとは仙三郎の慌てる様が書かれているだけで、音乃は読むのを止めた。

「奥田様が大目付様に捕らえられただと。なんの咎《とが》でだ？」

「それがまったく書かれていないので、何事があったかと……」

丈一郎の問いに、音乃の不安の帯びた声音《こわね》となった。

「すぐにも、実家に行ってみようぞ」

「お義父さまも行っていただけますか？」

「あたり前だろう。すぐに、仕度《したく》をせんか」

「はい」

音乃は部屋へと戻り、身支度をする。

「……急ぐので、着替えることはないわ」

むしろ動きやすいと、音乃は普段着の小袖《こそで》に薄手の羽織《はおり》を被《かぶ》せただけで、懐《ふところ》に懐剣を忍ばせた。

「どうぞ、たいしたことがございませんように……」

仏壇の前に座り、夫真之介の位牌《いはい》に向けて音乃は祈りを捧げた。

丈一郎の居間へと、律が戻ってきた。隣部屋から聞こえてくる鈴《りん》の音に、律の表情がにわかに曇った。

「どうかなされまして？」

眉間《みけん》に皺《しわ》を寄せた厳しい顔つきの丈一郎に、律の不安がよぎる。

「奥田様が捕らえられたようだ。ただそれだけで、なんとも要領を得ない。これから音乃の実家に行ってくる。仕度をするから手伝え」

「はっ、はい」

部屋着のくつろぐ姿である。丈一郎は外出用の小袖に着替え、羽織を纏《まと》って腰に脇差《わきざし》、手には大刀を握りしめた。

「案ずるでない……おや、どうした？」

律がこめかみを押さえて、しかめ面《つら》をしている。

「いえ、ちょっと頭痛が……」

「大丈夫か？」

「たいしたことはございません。いつものことで、休んでいればすぐに治ります。ご心配なさらず、行ってらっしゃいませ。奥田の奥様に、よろしくお伝えください」

「分かった。ならば、行ってくる」

律の体の具合を気にしながらも、丈一郎は戸口へと向かう。

丈一郎のほうが仕度に手間取り、音乃が先に戸口に立っていた。

豊松は、まだ事情は知らない。

「何かございましたので？」

「父上が捕らえられたようで……」

「なんですと？」

「知りませんでしたので？」

義兵衛の家来には、事情を知らせておいてもよさそうなものだ。それだけに義兄仙三郎の慌てふためく様が、音乃には目に見えるようであった。

「ええ。ずいぶんと慌てていたようでしたが……」

何があったのかと、仙三郎に訊かない豊松にも、音乃は一抹《いちまつ》の頼りなさを感じていた。

——どおりで、お父さまはお独《ひと》りであちこち動くわけだわ。

大目付支配の道中方《どうちゅうがた》組頭でもある奥田義兵衛は、街道宿場の見廻りを役目としている。本来ならば家来を引き連れて動くようなものだが、どっぷりと安泰の世に浸《つ》かった足軽では用をなさないと思っているのであろうか。

――そういえば、働いているところを見たことがない。

実家にいたときの、家来たちの様子が音乃の脳裏《のうり》をよぎった。

「待たせてすまなかったな」

足音を響かせながら、丈一郎が戸口へと出てきた。

五十を過ぎたとはいえ、ぐっと大刀を腰に差す姿は凜々《りり》しい。影同心という役職に携《たずさ》わってからの丈一郎は潑剌《はつらつ》としている。音乃とほぼ毎朝欠かさずにおこなっている剣の稽古に一段と体が引き締まり、隠居でのほほんとしていたときよりも十歳は若く見える。

「――いかに齢《とし》を取ろうが、心内にはいつまでも滾《たぎ》るものをもっておらんとな」

このごろの、丈一郎の口癖《くちぐせ》であった。

――菅井様のほうが、はるかに年上に見える。

音乃がそう思ったのもうなずける。

「さて、まいろうか」

満月が足元を照らし、宵であるにも提灯《ちょうちん》の助けはいらない。音乃と丈一郎の速足に、豊松が遅れがちとなった。

二

玄関の遣戸は開き、音乃は中に声をかけることもなく式台《しきだい》に足をかけた。

「お義父さまもお上がりになって……」

久しぶりの実家だが、遠慮などしてはいられない。誰に断《ことわ》ることもなく、音乃は家の奥へと足を踏み入れた。勝手知ったる家である。およそ二百坪ある母屋《おもや》だが、音乃は迷うことなく歩みを進めた。丈一郎は、ずっと音乃の後をついてきている。豊松は、長屋塀にある自分の寝所へと戻っている。

廊下をいくつか曲がり、長姉夫婦の居間の前に立った。中から姉である佐和の、すすり泣く声が聞こえてくる。

「お義兄《にい》さま、おられますでしょうか？」

襖《ふすま》越しに音乃が声をかけた。

「音乃、来ておくれか」

佐和の声が返ってきた。襖を開けても仙三郎はいない。

「あら、お義兄さまは……？」

「どこに行ったのかしら？　さっきまで落ち着かない様子で、うろうろしてましたけど……」

泣き腫《は》らしたか、佐和の瞼《まぶた》が腫れている。世間でも評判の、美人三姉妹であった。次女は嫁《とつ》いで、奥田家にはいない。

その長女と三女が向かい合う。長女の佐和はおっとり淑《しと》やかな性格であったが、音乃は正反対の男勝《まさ》りである。

部屋に入るのは憚《はばか》られると、丈一郎は外で待った。襖が開いているので、中でのやり取りは見て取れる。

「お父さまが……お父さまが……」

それ以上、佐和は言葉にならない。

「父上が捕まったとの報せを聞いて……お姉さま、しっかりなさりませ」

「すまないの、音乃……」

音乃の励ましに、佐和はいく分落ち着きを見せた。

「お義兄さまは、どちらにおいでで……？」

再度訊《たず》ねたところで、廊下を歩く慌しい足音が聞こえてきた。

「誰だ、そこにいる……あっ！」

「仙三郎様ですか。巽丈一郎で……ご無沙汰《ぶさた》いたしております」

二人が顔を合わせたのは、真之介と音乃の婚礼の席での一度だけである。二年半ぶりの再会であったが、丈一郎は仙三郎の顔を覚えていた。旗本《はたもと》の次男であったが腰が低く、丁重な挨拶に丈一郎は好感をもったものだ。ただそのとき、ずっと佐和のうしろについていたことが気にはなっていた。

部屋の外でのやり取りが、音乃に見てとれる。

「お義兄さまが戻ってきたみたい」

音乃が立ち上がろうとしたところで、仙三郎が丈一郎を連れて入ってきた。

「私を置いて、どこに行ってらしたの？」

佐和の、恨《うら》めしげな声音であった。

「義母上が心配でな、拙者《せつしや》が行って寝かしつけてきた」

「母上はお休みになりましたので？」

音乃が、夫婦の間に口を挟んだ。

「おお音乃どの、よく来ていただけました」

心ここにあらずであったが、ようやく音乃の存在に気づいたようだ。

「義母上も心痛で寝られませんようで、付き添ってさし上げておりました」

「それはそれは、母上もお気を静められたことでしょう。ありがとうございました」

母親の登代《とよ》になり代わり、音乃は仙三郎に向けて深々と頭を下げた。

昔から、体が丈夫でない母親である。登代の心労を一番懸念していた音乃にとって、とりあえずは安堵《あんど》できた。


どうも仙三郎の要領が得ない。

いつ、何処《どこ》で、誰に、何故に、いかにして義兵衛が捕らえられたかをたてつづけに問うても仙三郎からは、はっきりとした答がない。さあ、さあと首を振るばかりだ。

問ううちにも、本当に義兵衛は捕らえられたのかという気持ちに音乃はなった。ならば、それにこしたことはないが。

いかがしたものかと、音乃が丈一郎の様子をうかがう。

丈一郎は、最前よりずっと腕を組み、目を瞑《つむ》っているだけだ。

「どなたがお報せをもたらしましたので……？」

「大目付様のご家来だが……なんという名であったかの？」

音乃の問いに、仙三郎の顔が佐和に向いた。

「いいえ、私は……」

うつむき加減で、佐和は首を振る。

「すまぬ、失念《しつねん》をした」

「ご家来の口上《こうじょう》もお忘れですか？」

「あいすまぬ。義父上が捕らえられたと真っ先に聞いて、気が動転してしまった。それから何を言われたか、まったく覚えてないのだ。とりあえず、音乃どのに書状を認《したた》めたのだが、それだけしか気が巡らなかった」

急いで駆けつけたものの、義兄からはそれ以上の答は聞けそうもない。音乃はふーっと一つ、大きなため息を吐《つ》いた。

「でも、よくぞ報せていただきました」

報せてくれたことには、音乃も感謝の気持ちを表す。

「のう、音乃どの。この先義父上はどうなっていくのだろうか？」

「さて、わたくしに訊かれましても。いかんせん、様子が分からなければ、答えようがございません」

いく分憤《いきどお》りを含んだ、音乃の語調であった。

奥田家家長が罪科をつき付けられたとあっては、家の存続さえも危ぶまれる。殺害事件なのか、窃盗強奪の類《たぐい》なのか、民事介入事件なのかもはっきりとしない。仔細《しさい》を知ろうにも、仙三郎からは知れるところではなかった。

　仙三郎は人としては申し分がないのだが、男としてはいささか頼りないところがある。父親の義兵衛が第一線で活躍しているのとは異なり、仙三郎は小普請組《こぶしんぐみ》支配のもとに置かれ今は無役である。いずれは義兵衛の跡目を継ぐのであろうが、それは任務がきちんと全《まっと》うできての話だ。

　奥田家の将来を、音乃は憂いた。そんな気持ちが、問いになって出る。

「鉄太郎《てつたろう》と貴子《たかこ》はどうされました？」

佐和と仙三郎の間には、一男一女の子が授かっていた。兄が十歳、妹が八歳になる。

「もう、寝入ってます」

　音乃の問いに、佐和が答えた。

「鉄太郎は、元気にお育ちで？」

「ああ。元気すぎるのはよいが、利《き》かん坊で、どうしようもない」

「左様ですか。それはようございました」

　仙三郎の答に、音乃の皮肉がこもる口調であった。鉄太郎には頼もしく育ってほしいと、願う音乃であった。

腕を組んでいた丈一郎が、その腕を解《ほど》いた。

「こんな夜分では、動きようがなかろう。大目付の井上様のところに行くことも叶わんしな。どうだ音乃、明日早朝にも梶村《かじむら》様のところに行ってみんか？」

「梶村様ですか……？」

北町奉行所一番組筆頭与力の梶村が、奉行榊原の直々《じきじき》の影同心として働く丈一郎と音乃との間を取りもつ。

「行けば何か様子が分かるかもしれん」

大目付の井上利泰《としやす》と、北町奉行榊原忠之は盟友である。

大名、高家《こうけ》を監察する大目付と江戸の町方を管掌《かんしょう》する奉行では、差配するところがまったく異なるものの、互いに気脈を通じ合っている。事の成り行きによっては、互いに助勢し合うこともあるからだ。

義兵衛が捕らえられた経緯が、梶村のもとに下りているのではないかと丈一郎は踏んだ。

「よしんば、まだ話が下りておらんでも、相談には乗ってくれるであろう」

「分かりました、お義父さま。それでは、明六《あけ》ツにおうかがいするということで……」

与力梶村は、朝早く奉行所に出仕《しゅっし》をする。奉行榊原が、千代田《ちよだ》城に出向く前に打ち合わせをせねばならないからだ。

「今夜音乃は、こちらに泊まるのか？」

音乃が心配するとの思いで、律の体のことは話してはいない。

「はい。母上のことも気になりますので、よろしければ……」

久しぶりの、実母との対面も果たしていない。嫁である以上、一応はうかがいを立てなければならないと、音乃は願った。

「むろんかまわぬ。だが、明日は早いぞ」

「間に合うように、一度家に戻ります」

「ならば、そういたせ。それではわしはこれで……仙三郎様に佐和様、失礼をさせていただきます」

御家人《ごけにん》の巽家と、旗本の奥田家では身分が異なる。それなりの畏敬を込めて丈一郎は立ち上がった。

「どうぞ、ご心配なきよう……」

励ましも、一言添えた。

った。

三人に送られ、丈一郎は奥田の屋敷をあとにした。

満月は天上に移り、煌々《こうこう》とあたりを照らしている。提灯の、まったく不要な晩であった。

三

築地にある奥田の家から、霊巌島《れいがんじま》の巽の家までは半里ほどであろうか。

並の速さで歩けば、四半刻ほどかかる。早く家に着こうと、丈一郎は脚の動きを速めた。

帰路に名月を愛でる余裕は、丈一郎にはなかった。どうしても、奥田義兵衛のことが気にかかる。

「……月は明るく心は暗く、か。まさに、暗中模索といったところだな」

ぶつぶつと呟《つぶや》くうちにも武家屋敷の通りを過ぎ、いつのまにか本湊町《ほんみなと》の波除《なみよ》け堤防のところまで来た。そこは隅田川《すみだがわ》の河口で、月明かりの下《もと》に対岸の佃島《つくだじま》や江戸湾の広がりをはっきりと見渡すことができる。

干し網の生臭さも不快ではない。むしろ潮の香りと相まって、心地よく鼻腔をくすぐる。

「浜の香りだな」

丈一郎は独りごちると、胸一杯に浜の空気を吸い込んだ。

稲荷橋《いなりばし》で南新堀川《みなみしんぼりがわ》を渡り、すぐさま高橋《たかばし》が架かる亀島川《かめじまがわ》を越せば霊巌島である。家までは、あと五町といったところか。

稲荷橋と高橋の架け橋は、月見をするにはもってこいの場所である。天上の月が川面に映り、二つの名月を観賞することができる。水面はさざ波一つなく、まさに鏡面である。それだけに、宵を過ぎたとはいえ人の出が多くあった。橋の上には、多くの人が集《たか》っていた。みな顔を天上に向けるか、欄干《らんかん》にもたれかかり、川面に向けている。

しかし、その様子は丈一郎の目には入らない。

「……梶村様が、詳しくご存じならばよいが」

下を向き、考えながら歩いていたからだ。

そのとき丈一郎は、稲荷橋の手前二十間《けん》ほどのところまで来ていた。

水音がしたと同時であった。

「男が落っこちたぞ！」

稲荷橋の上で、絶叫が響きわたった。

「なんだと?」

丈一郎が顔を上げると、橋の上にいる人たちがざわついている。

何ごとがあったかと丈一郎が思うところに、脱兎《だっと》のごとく向かってくる男があった。相当に慌《あわ》てている様子である。

大きな体軀《たいく》の男が駆け足で向かってくる。その速さに不覚にも、丈一郎は避けきれず、ドスンと右肩に衝撃を受けた。危うく倒れそうになるも、かろうじて踏みとどまることはできた。

瞬間相手と顔が合ったが、丈一郎には影となって相手の表情が分からない。男は丈一郎を一瞥《いちべつ》すると、詫《わ》びも入れずに走り去っていった。

そのとき丈一郎の頭の中は、奥田義兵衛のことで一杯であった。

——橋の上で起きた絶叫と、関わりのある男であろうか。

一瞬脳裏をよぎるものの、あまりにも咄嗟《とっさ》のことで、頭の切り替えができずにいた。もしやと気づき、追いかけようとしたが、その足は速い。あっという間に暗がりの中に消え、その姿は見えなくなった。

駆けていくうしろ姿を丈一郎はとらえたものの、面相も齢《とし》も分からない。それでも、太縞《ふとじま》の小袖を着流した大男で、遊び人風にも見えた。

うしろ姿だけでも覚えておこうと、丈一郎は目を瞑《つむ》り男の様子を頭の中に刻み込んだ。

かえすがえすも、男を止められなかった自分が悔しいと、丈一郎は苦渋の顔となった。

相手の体がいくら大きいとはいえ、若いころだったら腰を落として体当たりをくれてやれたのに。それと、咄嗟の判断が利かなくなった。すぐに頭を切り替えられれば、相手を追うこともできたのだが、駆ける速力も、若いころとは段違いに劣る。

寄る年波《としなみ》の無常を、丈一郎は肌で感じた。

「……仕方があらんか。弾《はじ》き飛ばされなかっただけでもよしとせねばな」

ぶつかった衝撃にも、倒れなかった。日ごろの鍛錬がものをいったのだろうと、丈一郎は前向きに気持ちを切り替えた。

「おや？」

丈一郎がふと下を向くと、男物の紙入れが落ちている。

「今の男のものか？　いや、違う……」

金糸銀糸の刺繍《ししゅう》で花模様が施《ほどこ》された立派な拵《こしら》えである。とても遊び人が持つような代物《しろもの》ではない。

「……こいつは、川に落ちた者の持ち物だな」

影同心としての勘が働く。

橋の上で、紙入れを奪うと男を川に放り投げ、遊び人は脱兎のごとく逃げ出した。そして、丈一郎とぶつかり紙入れを落とした。

丈一郎は、一連の成り行きを頭の中で想い描いた。

紙入れの中をのぞくと、四つ折りにされた書き付けが一枚入っているだけだ。銭金はない。

単なる物盗りか、紙入れの中に収まる書き付けを目当てにした犯行かまでは分からない。

長年の、町方であったころの気骨《きこつ》が、体の芯《しん》まで沁みついている。丈一郎は町方の魂に導かれるように書き付けを取り出すと、その場で広げた。

「なんだこれは？」

満月の明かりだけでは、詳しく読むには叶わないものの、何が書かれてあるかまでは知れた。やたらと数が羅列《られつ》してある。一目《ひと》では、暗号のようにも見て取れる。その場で解読などできるはずがない。持ち主にとっては大事なものであろうが、丈一郎が持っていても仕方ないものだ。

　丈一郎は、やがて来るであろう町方《まちかた》に紙入れを預けて家に戻ることに決めた。今は奥田義兵衛のことで頭の中は一杯だ。ほかの事件に足を踏み入れている余裕はないし、丈一郎と音乃が携わる範疇《はんちゅう》ではない。

　紙入れを懐にしまい、丈一郎は再び歩き出した。


　稲荷橋にいる人だかりが、二つに割れた。

「どけっ、どけどけどけい！」

　居丈高《いたけだか》な声が、橋の袂《たもと》まで来た丈一郎の耳にも届いた。

「男が落ちたところを、誰か見た者はおらんのか？」

　黒羽織を翻《ひるがえ》し、朱房が垂れた十手《じって》を翳《かざ》すところは、定町廻《じょうまちまわ》り同心と知れる。周囲にいる者たちに、声高で問うた。

「落ちていくところは見えたんですが、どうして落ちたかまでは気づきやせんでしたね」

　唯一、落ちていく様を目撃した者がいたが、橋の上での出来事まで知る者は誰もいない。

「こいつは、身投げだな。四尺以上もある欄干を、人の体を持ち上げて放り投げられる者など相撲取《すもうと》り以外にはおらんだろう。しかも、誰も見ていないところで」

町方同心は、自害と決めつけたようだ。むろん、男がその場から逃げたことなど知るはずがない。

川面を見ると舟が出て、捕り手たちが落ちた男の行方を探している。一帯は護岸がされているので、川辺には下りられない。堤の上からも捕り手の提灯が行ったりきたりして、川辺に明かりを差し向けている。捕り方の提灯には『南町』と書かれてある。

「……南町か」

丈一郎は呟きながら、橋梁に足をかけた。

渡し三十間のなだらかな円弧の橋である。その頂上付近に町方同心が立っている。脇では、目明《めあか》しらしき男が野次馬《やじうま》たちの相手をしている。

丈一郎が五間ほどのところまで近づいたところで、同心の容貌がはっきりととらえられた。

「あっ、あの同心は加納喜介《かのうきすけ》……？」

顔を見知る男であった。丈一郎にしては、覚えがよくない。一口でいえば、いけ好かない男であった。

　ずっと以前であるが、手柄を横取りされて手痛い思いをしたことがある。南町に抗議に赴《おもむ》いても、その応対の横柄《おうへい》なこと。言葉遣いまでが気にくわず、腹の底からいきり立ったことを丈一郎は思い出した。

「……こいつは殺しに違いない。こんな男に事件を渡すなら、北町に預けたほうがよっぽど解決が早い」

　どうせ明日早朝、与力の梶村に会う。この一件を持ち込もうと、丈一郎の考えが至った。

　南町同心加納の顔が川面に向いている間に、丈一郎は橋を渡りきった。紙入れは、懐にしまわれたまま、家路へと急ぐ。

　あと四半刻もしたら夜四ツの鐘が鳴って、江戸八百八町の町木戸が閉まる。

　満月を天上に残し、夜はさらに更《ふ》けていく。月を愛でていた人々も、散り散りとなってそれぞれの家へと戻っていった。


　夜が明ける前に、音乃は巽家に戻ってきた。

　梶村の屋敷に赴くのに、普段着というわけにはいかない。それと、髷《まげ》くらいは整えるのが女としての身だしなみである。音乃は素顔でも見栄えがする。化粧は、さほど施さなくてもよいのが楽であった。

身支度を整えたところで、明六ツを報せる鐘の音が聞こえてきた。

「いかんな、出仕をしてしまうぞ」

丈一郎は焦《あせ》った。昨夜はあまり寝付かれず、朝方になって寝入ってしまい、迂闊《うかつ》にも寝過ごしたからだ。目覚めたときは、明六ツまで四半刻といったところであった。

あと半刻もすれば、梶村は屋敷を出ることを知っている。

急用とあらば、どんなに朝早くともかまわないと梶村からは告げられている。しかし、それにも限度がある。しかし、遅れれば遅れるほど、話せるときは短く限られてくる。この日は単なる報せをもたらすものではない。奥田義兵衛の一大事という、すこぶる重要な案件を抱えているのだ。

「音乃、急ごうぞ」

「はい」

四間ほどの廊下を歩くにも、速足となった。

戸口まで来て、丈一郎が先に三和土に立ったそのとき、

「おはようございます」

外から声がかかった。

丈一郎は声につられたか、返事もせずにいきなり遣戸を開けた。その間合いのなさに、相手の驚く顔があった。

「おや……」

丈一郎も見知る顔である。早朝の客は、これから訪れようとする与力梶村の下僕《げぼく》であった。

「主《あるじ》が、お呼び立てしてまいれとの仰《おお》せでございまして。昨夜、来たのですが……」

「えっ、昨夜？」

「誰もおいでにならず……」

そのとき律は、頭痛で寝込んでいた。今朝はもう、頭痛も治まり元気に起きている。

「左様でしたか。それは、申しわけないことを。ちょうどこれから、こちらからおうかがいするつもりでおりました」

「ならば先に戻りまして、主にそう伝えます」

「すぐに行きますと、お伝えくだされ」

かしこまりましたと残し、使いの者は戻っていった。

「梶村様からの呼び出しですか？」

「どうやら、梶村様もわしらに用事があるようだ」

「もしや、父上のことで……?」

「影同心としての下知《げち》かもしれないし、なんとも分からん。とにかく、急いで行ってみよう」

梶村の屋敷の門前に立ったとき、二人の息は切れていた。

「女だてらに、音乃の足は速いな」

丈一郎の、吐く息が荒い。

「お義父さまこそ、とてもお齢とは思えません。ああ、苦しい……」

息を整えてから、脇門を開けた。

四

肩衣《かたぎぬ》と平袴《ひらばかま》の色が異なる継裃《つぎかみしも》を着込み、梶村は出仕する姿であった。

いつもならば、慌しい時限である。だが、梶村に急いでいる様子はない。

「朝食は、済ませたかな?」

朝餉《あさげ》に気を遣うとは、梶村の落ち着いた物言いである。

「いえ、まだですが」

「ならば、我慢をしてくれ」

朝食を出してくれると思いきや、丈一郎と音乃は肩透《かたす》かしを食らった恰好《かっこう》となった。

「使いの者から聞いたが、そのほうからも何か話があるとか……」

「はい。ですが、お役目のほうを先にお聞かせくださりませ」

奥田義兵衛のことは、身内の問題でもある。ここは公務が先と、丈一郎は梶村の指図を優先させた。音乃を見やると、小さくうなずいている。我が身の憂いよりも奉行からの下知《げぢ》が先と、音乃もそこは心得ている。

義兵衛のことは、下命を聞いてからもちかけようと一歩引くことにした。すると、梶村の口から、思いがけない言葉が出る。

「もしや、そのほうの話も奥田様のことではあるまいな？」

「ということは、梶村様も……？」

義兵衛のことは、すでに梶村にも伝わっていた。

「どうやら話は一致しているようだな」

「昨夜、実家の義兄上から報せがまいりまして……」

音乃が、経緯を説いた。

「左様であったか。実は昨夕、大目付の井上様からお奉行のほうに報せが届いてな。

それで、帰りが遅くなってしまった。宵五ツ過ぎであったか、丈一郎のもとに使いを向けたのだが、すでに寝入ったか誰も出てこなんだった」

「留守にしておりまして、申しわけございませんでした」

「謝《あやま》ることではない」

丈一郎の詫びを、梶村が制した。

「ところで、梶村様。今朝のご出仕は……？」

梶村は、どれほど話にときをかけられるのかと、音乃が気を遣う。

「今朝は遅れてもよいと、お奉行の仰せだ。それよりも奥田様のことが……」

「いったい、何がどうなっておりますことやら」

「音乃は、詳しくは何も聞いておらんのだな？」

「はい。ただ捕らえられているとしか……」

「それにしても、由々《ゆゆ》しきことになったものだ」

梶村が、苦悶の表情で言葉をつづける。

「正直、これは奥田様だけの問題ではないのだ」

「どういうことで……？」

丈一郎が、身を乗り出して問う。

「戦いを挑まれたのかもしれん」

「戦いですと？」

梶村の、思わぬ表現に音乃と丈一郎は顔を見合わせた。

「いったいどういうことで？」

さらに、丈一郎が問う。

「いや、今のは拙者の独り言《ひと》だと思ってくれ。なんの根拠もないことで、つい口走ってしまった。忘れてくれ」

梶村の表情を見ていると、あながち独り言でもなさそうだ。だが、丈一郎と音乃は言われたとおり、梶村の独り言には触れぬことにした。

「奥田様が捕らえられた罪状は、武蔵《むさし》は粕壁宿《かすかべしゅく》の名主から賄賂《わいろ》をもらい、助郷《すけごう》の手配などで便宜《べんぎ》を図ったとの咎だ。十三日の夜に幕府目付の手により捕らえられ、昨日の夕刻護送されたということだ。これから辰ノ口《たつのくち》の評定所《ひょうじょうしょ》にて吟味に入るらしいが、な、それが事実だとすれば、街道の宿場を管掌する道中方として、あってはならぬ不祥事である」

「父上は、そんな大それたことをする人ではございません」

音乃が、半身を乗り出して訴える。

「そんなに大きな声を出すのではない、音乃。話は最後まで聞け」

「はい。ご無礼をいたしました」

梶村からたしなめられ、音乃は乗り出した体を元へと戻した。

「それは大目付の井上様も、お奉行も、充分に分かっていることだ。だが、身の潔白を明かせられないからには、いくら大目付様でもどうにもならん。先ほど由々しきことと拙者は言っただろ」

「はい」

「もしも仮りにだ、奥田様が賄賂をもらったのが事実だとしたら、大目付の井上様にまで累《るい》がおよぶのは間違いがない。道中方組頭の不祥事の責を、井上様が被《こうむ》るのは必《ひっ》定《じょう》だからな。となれば、大目付の役目を下ろされ、失脚にもなりかねん」

大名や高家《こうけ》を監督する立場なら、芯の芯まで清廉潔白《せいれんけっぱく》でなくてはならない要職である。たとえ大目付本人の不祥事でなくても、配下の咎は自らも受けねばならない。

「大目付様の職権で、どうにかなりませんので？」

丈一郎が問うた。

「できるわけがなかろう。揉み消そうものなら、ますます立場は不利になる。むしろ、墓穴《ぼけつ》を掘ることにもなりかねない。井上様も、容易には手が出せない問題なのだ」

梶村の返しに、丈一郎と音乃の顔は下を向いた。

「そうがっかりせずに、二人とも顔を上げられい。そんなうつむいていたのでは話もできんではないか」

——そうだ、気持ちをしっかりもたなくては。

梶村の促しに、音乃が気持ちを切り替える。顔を上げ、正面を向いた。いく分遅れて、丈一郎も顔を上げる。

二人の面《つら》つきが変わっている。今しがたまで見せていた、弱音の面相ではない。もしやという思いが、二人の脳裏をよぎったからだ。

——もしや、お奉行様のご下命とはこのことではないかしらん。

——もしや、わしらを呼んだのは、ただ経緯を報せるためだけではなさそうだ。

言葉は異なるも、音乃と丈一郎が考える中身は同様であった。それが確かめられるのは、梶村の次の言葉からである。

「お奉行の榊原様と大目付の井上様は、昔から志を同じくする盟友であるのは知っておるな」

「はい」

ずっと以前、音乃の縁談を井上は榊原にもちかけたことがあった。北町奉行所同心であった巽真之介と音乃の、馴《な》れ初《そ》めのきっかけにもなった逸話である。

「配下の不祥事とあらば、ご老中に相談をかけることも叶わず、井上様はお奉行に話をもちかけた。むろん内密の内密でだ。かといって、町奉行所が手を出せる問題ではない。お奉行も困り果てたらしいが、井上様の相談とあらば無下にはできない。いかがしようかと、お奉行が考えているところに井上様から声がかかったそうだ」

「なんと……？」

丈一郎の問いに、梶村が小さくうなずいた。

「さもあろうことか、井上様から音乃の名が出た」

「わたしの名前がですか？」

幕府の重鎮《じゅうちん》である大目付が、音乃を名指ししたという。常識ではありえんことに、音乃と丈一郎は互いの顔を見合わせた。

「そんな、不思議そうな顔をするでない。音乃の評判は、大目付の井上様の耳にも入っておってな……というよりも、普段からお奉行が音乃のことを話していたそうだ。あれほどの才女は、類《たぐい》まれだとな」

「類まれだなんて……」

そこまで褒められれば、かえってこそばゆいものだ。気恥ずかしさも手伝って、音乃は座りを直した。

同時に梶村も居住まいを正すと、北町奉行の名代《みようだい》として、顔は厳粛な様相となった。

「丈一郎と音乃の両名に、奉行からの下命である」

「はっ」

両手を畳について、奉行榊原からの密命を受ける。

「十日以内に、奥田義兵衛捕縛の真相を明かすこと。以上である」

言い放ち、梶村は北町奉行名代から与力へと戻った。

「どうだ、できるか？」

できるかと訊かれても、やるしかない。

「はっ、かしこまりました」

丈一郎が発し、音乃は畳に平伏した。

「ただし、こたびはかなりの難問であるぞ。いかんせん、十日と期限が限られておる。井上様のお力で、なんとか評決をそこまで延ばせた。だが、それが限度だ。その間に、奥田様の潔白を晴らせなければ……」

梶村が、ぐっと言葉を詰まらせる。眉間に皺を寄せ、艱苦《かんく》こもる様相となった。

次に出る梶村の言葉を、丈一郎と音乃は表情を硬くして待った。

ふーむと大きく息を吐き、意を決したように梶村が語り出す。

「もしも十日以内に真相を明きらかにできねば、奥田の家は閉門《へいもん》、義兵衛は切腹。大目付井上様は更迭《こうてつ》され、身分剝奪。そして気脈の通じるご老中青山忠裕《あおやまただひろ》様は、失脚の憂き目をみることになる。幕府の体制を揺るがしかねない事態に陥《おちい》るのだ」

とんでもない重圧が、丈一郎と音乃の肩にのしかかった。

「そうだ、もう一つ言い含めることがあった。奥田様には接見できぬとのことだ」

義兵衛の、言い分は聞けないという。

「父上に、会えないというのですか？」

理不尽だとの思いが、音乃の声音を高くする。

「そうだ。十日の猶予は、それが条件でもあるのだ」

すべてを外部から探り、真相を解き明かさなくてはならない。義兵衛と話ができなければ、どこからどう手をつけてよいのか分からない。二人の頭の中は、真っ白く霞《かすみ》がかかった状態となった。

それでも、やらねばならないのだ。

「承知つかまつりました」

丈一郎と音乃の答は、この一つしかない。はっきりとした口調で、返事をそろえた。

「しかと、申し渡したであるぞ」

梶村の語調は、再び奉行の名代となった。

「はっ」

音乃と丈一郎は、深く畳に拝した。

五

二人が頭を下げる間に、梶村は立ち上がった。

「それでは、これにて……」

丈一郎から、梶村に話が残っている。

「梶村様、少々お待ちを……」

部屋を去ろうとする梶村を、丈一郎が止めた。昨夜稲荷橋で起きた事件を、告げておかなくてはならない。すぐにでも、義兵衛の事件に取りかからなければならないところであるが、これも、影同心とはいえ町奉行所の一員としての役目である。

「昨夜、奥田様の屋敷から帰る途中、南新堀川の稲荷橋で……」

梶村は、座り直すと腕を組み話を聞いている。

「間もなく、南町の同心と捕り手たちが駆けつけ……」

丈一郎は、事件の経緯を語った。

今朝は慌しく、音乃も初めて聞く話であった。

「……そんなことがありましたの？」

丈一郎の話を、音乃は顔を横に向けて聞いた。

「ならば、南町に任せておけばよかろう。丈一郎も、これから忙しくなろうて、ほかのことにかまってなどおられんだろ」

「私も、左様に思いましたが……」

「何かあったのか？」

丈一郎の困惑した様相に、梶村は首を傾《かし》げた。

「実は、現場でこんなものを拾いまして……」

懐の中から、拾った紙入れを出した。

「なんだ、これは……？」

「おそらく、下手人《げしゅにん》が落としたものと」

「なんだと？　丈一郎は殺しだと言うのか？」

「私は、そうと踏みました。そして、橋の上から落とされた者の、持ち物ではないかと推測しました」

「なんでこんなものを……南町に預けたらよかったではないか」

「はい。ですが、その同心といいますのは、梶村様もご存じと思われます、加納喜助でございまして……」

「加納だと！」

「大声を出されるのは、やはり梶村様も覚えておいでで」

「ああ、忘れるものか。もう十年も経とうかのう、北町の手柄を横取りしおって。それればかりでなく、捕物出役で出張ったこのわしを、同心のくせして無礼にも愚弄《ぐろう》しおった。あのときはまだ、わしは三番方与力であったが、奴の言葉を忘れはせん」

「私も聞いておりました。『――北町の与力様は、ずいぶんとごゆっくりのお出ましでございますな。お気楽で、お羨《うらや》ましい。あまりにも来られるのが遅いので、下手人は非番であるこの南町が捕らえさせていただきました』と、加納は言っておりましたな」

「たしかにあのときは、駆けつけるのが遅れたが、捕縛のための手はずを踏んでいたからだ。それより何より腹が立ったのは、あのにんまりとした小憎らしい面《つら》で、人を小馬鹿にするような物言いだ。そうか、稲荷橋に駆けつけてきたのは、あの加納の馬鹿野郎であったか」

「あんな奴に手渡すのなら、北町の手で下手人をと……」

「ならば、仕方があらんな」

感情を高ぶらせ得心《とくしん》をする梶村の、およそ筆頭与力らしからぬ物言いであった。

ひと昔前のことで、今にして聞けば他愛ないことではあるが、男として引くに引けない禍根《かこん》を残しているのだろう。

――女には、分からないこと。

男の意地と意地のぶつかり合いを、音乃は肌で感じ取っていた。

「相手が加納とあっては、これだけは譲れないと思いまして……」

言いながら、丈一郎は梶村の前に紙入れを差し出した。

「書き付けが一枚あるだけで、ほかに金目のものは入っておらんな」

「あのどさくさでは、銭金を抜き取ったとは思えません」

丈一郎が、意見を補足した。

梶村は紙入れを手にして、四つ折りの書き付けを取り出した。

「何が書かれておる？」

四つ折りにされた書き付けを開くと、一目《いちもく》して梶村は首を捻《ひね》った。

「ご覧になっても、何が書いてあるのかさっぱり……」

すでに目を通していた丈一郎が、怪訝そうな表情で口にする。

「いったいなんなんだ、これは……？」

義兵衛のことはさておいて、三人の関心は書き付けに向いた。

二	三十人	十五頭	四里三町	
三	通し		五里十五町	百十五
四	四十人	十八頭	三里九町	六十三
…				
…				
…				
十二	二十人	十五頭	三里十町	四十六
十三	四十人	二十頭	四里二十四町	
十四	通し		五里十八町	百五十七

八百五十五

暗号のような数字の羅列であった。

一枚の書き付けが真ん中に置かれ、三人の目が集まっている。

「なんでございましょう？」

音乃も分からず、首を捻るだけだ。

「この大事なときに、面倒臭いものを拾ってきたな」

「申しわけございません」

梶村の愚痴《ぐち》に、丈一郎が詫びた。

「今さらこれを、南町に渡すというのもおかしいしな。さて、いかがしたらよいものか？」

腕を組んで、梶村は考える。

「……吉田《よしだ》に当たらせようか」

梶村の口から、呟きが漏れる。吉田とは、定町廻り同心である。その手下《てした》に、以前は真之介についていた、岡っ引きの長八《ちょうはち》と下っ引きの熊吉《くまきち》がいる。

「梶村様、よろしいでございましょうか？」

「丈一郎に、よい考えがあるか？」

「これも、音乃と共にやらせていただけませんでしょうか？」

「なんだと？」

丈一郎の真意が分からんと、梶村の驚く表情となった。

「奥田様の件だけでも容易ではないというのに……いくらなんでも、負担がかかりすぎるぞ」

梶村の言葉に、音乃も一膝乗り出した。

「お心遣いいただき、ありがたき仕合せと存じます」

と、音乃は口にする。

「音乃も承知であるのか？」

「はい。お義父さまの申されますように、この事件もやらせていただければと……」

「何ゆえにだ？　わざわざ、余計な苦労を背負うこともあるまいに」

「はい。今しがた、ふと脳裏をよぎったことがございます」

「音乃に、何か感づくところがあったか？」

丈一郎は、音乃の思いもよらない言葉に体ごと横に向けた。

「何を思ったか、聞かせてくれ」

言って梶村は体を前に倒し、音乃の話に聞き入る姿勢を取った。

「記された数に、心当たりがございます。ずっと以前、父上から聞いた話を思い出しました。宿場と宿場の間隔が記されたものを見せてもらいましたが、その距離ではないかと……」

「なるほど。宿場とならば、音乃はどこの街道と読む？」

梶村も、話に乗ってきた。

「分かりませんが、おそらく五街道の一つかと存じます。ならば、父上の仕事と関わりが……」

――これが、奥州日光街道《おうしゆうにつこう》だとしたら……。

霞をつかむほどのぼんやりとした憶測だが、なんでもよいから手がかりが欲しいとの、音乃の思いであった。

宿場と義兵衛、たったそれだけの符丁の一致で、音乃は稲荷橋の事件を探る気になったのである。

「なるほどな。ただし、関わりがなければ、それまでのこととすぐに手を引け。深追いをして、余計な回り道はするな。それでなくても、ときは限られているのだからな」

「はい」

与力梶村の忠告に、音乃は上半身を前に倒して答えた。

梶村と音乃のやり取りの間にも、丈一郎は書き付けを手元に引き寄せ見やっている。

「……もしや、これは？」

丈一郎の呟きが、梶村の耳に入った。

「丈一郎も、何か気づくか？」

「はい。これは、お大名の参勤交代《さんきんこうたい》の日取りではないかと」

「参勤交代だと？」

「最初に書かれているのが日取りで、次が……いや、やはり違うか」

「言葉を途中で止めるとは、いったいどうした？」

「行列の人数だと思いましたが、参勤交代にしてはあまりにも人数が少ないですな。これは自分が思い誤っておりました」

すわとばかりに口にしたものの、丈一郎は、すぐに考えを撤回させた。

「いえ、お義父さま。あながち間違いではないかと……」

「ほう、音乃はどうしてそう思う？」

丈一郎が、気を持ち直して問うた。

「お国元からのご家臣の人数でしたら少な過ぎますが、宿場ごとで雇う人足《にんそく》の数とあらばうなずけます。おそらくそのあとは馬の頭数かと。下の数はなんですか分かりませんが……」

「だがな、音乃……」

梶村が、音乃の話を遮《さえぎ》り口にする。

「宿場間の隔たりを示す数であるが、もしこれが参勤交代の一日の動きだとすると、いささか距離が短すぎるぞ。日数がかかればかかるほど、余計に金が嵩《かさ》むというからな。国元と江戸の往復は急ぐのがあたり前だ。速い藩などは、少なくも一日で九里から十里は進むというぞ。こんなにゆっくりとした、参勤交代などないはずだ」

「たしかに仰せのとおりでございます。わたしも、そのあたりがおかしく……」

音乃にしても、参勤交代ではなかったかと考えが揺らぐ。

「ちょっと待て、音乃」

音乃を制し、丈一郎が口を出した。

「これが何かの行程であれば、なぜに宿場の名が記していない？　どこに泊まるかと、宿場の名くらいは出しておいてもよさそうなものだ。となると、宿場間の隔たりとは別の意味をもつ数かもしれんな。のう、そうは思わんか？」

「参勤交代の日取りでないとすると、なんとも、分からない書き付けでございます」

「もう、こんなわけの分からん書き付けのことなどどうでもよい。それよりも、いち早く奥田様のことを探ってきてくれ。余計なことを考えている暇はないのだぞ」

「かしこまりました。音乃、義兵衛様の探索に入ろうぞ」

「はい」

丈一郎の促しにも、音乃の顔はまだ書き付けに向いている。

「これを預からせていただけますか？」

音乃は、まだ書き付けに未練があるようだ。

「ああ、かまわぬが。だが、奥田様と関わりがないと分かったら、さっさとあきらめること。その際は、事件は南町に委《ゆだ》ねることにする」

「かしこまりました。そのときは、書き付けをお戻しいたします」

およそ、四半刻の談義であった。

「ちょっとときを食ってしまった。それでは、よしなに頼むぞ」

言って梶村は立ち上がると、先に部屋から出た。槍持ちと草履《ぞうり》取りを引きつれ、呉《ご》服橋《ふくばし》御門近くにある北町奉行所への出仕が待っている。

六

霊巌島川口町《かわぐち》の家へと、帰り道を急いだ。朝五ツを報せる鐘の音が、遠く聞こえてきた。

話は家に戻ってからにしようと、しばらくは無言で歩く。だが、丈一郎は待ちきれずに、音乃に話しかけた。

「そんな書き付けを預かって、音乃はどうしようというのだ？」

八丁堀から亀島橋を渡ると、霊巌島である。その袂まできたところで、丈一郎は問うた。

「やはり、気になることがございまして。お義父さまは、もしこれが奥州日光街道だとしたらどうなされます？　それも参勤交代の日程であったとして」

「ん……？」

歩きながら話すようなことではない。橋の中ほどまで来て、丈一郎は立ち止まった。合わせて音乃も立ち止まる。

仕事場に急ぐか、道具箱を担いだ職人たちが二人の脇を通り過ぎていく。人の通りの邪魔にならぬよう、欄干に身を寄せて道を空けた。

「どういうことだ？」

「父上は、十三日粕壁宿《さきおととい》で捕らえられたと聞きました」

「そう言ってたな」

「もし一番上の十三という数が、父上の捕らえられた日と重なっていたら、どうでございましょう？　その日の殿様は、粕壁泊まり……」

「いくらなんでも、突拍子《とっぴょうし》もない考えであるな」

苦笑いを発して、丈一郎は取り合わない。それでも音乃は思うところがあったが、この場で口に出すのを止めた。もう少したしかめてから、丈一郎にもちかけようと考えを胸の奥にしまっておくことにした。

「家に戻ってから、ゆっくりと策を練るとしよう」

歩き出そうと、丈一郎が欄干に預けていた体を離したところであった。

「どうかなさりまして？」

丈一郎の体が再び止まったのを見て、音乃が訝《いぶか》しげに問うた。

「亀島橋と稲荷橋は、同じほどの長さだな」

「それがどうか、なされました？」

「欄干の高さだ。四尺ほどもあって、わしの胸ほどの高さまである。人を突き落とすのには、いささか無理があると思ったのだ」

「昨夜のお話、ですか？」

「ああ、そうだ。忘れようと思っても、どうも気になって仕方あらん。奥田様のほうが先だというのにな」

「もし、この書き付けと関わりがございますれば、あながち探りも無駄ではないかと」

「音乃は、その書き付けにどうしてもこだわっておるのだな？」

「藁《わら》をも摑むような手がかりになれば、との思いから……」

「左様であったな。どんな些細なことでも、一応は疑ってかかる。事件の探索の基本でもあるってことを、どうやらわしは忘れていたようだ」

「お義父さま、家に戻る前に稲荷橋に行ってみませんか？」

　新堀である亀島川の上流三町ほど、東に向かったところに高橋がある。高橋と、隣合わせたように、南新堀川に架かる稲荷橋があった。

　自宅の前を通り越し、丈一郎は昨夜渡った稲荷橋の橋上に音乃と共に立った。

「この橋の上に立ったのは、久しぶりです。今朝は、一つ上流に架かる中ノ橋《なかのはし》を渡ったものですから」

「そうか。だから音乃は、昨夜の事件のことは知らなかったのだな。明六ツ前に稲荷橋《ここ》を渡っていたら、南町の捕り手がいたかもしれん」

「どうやら、まだおりますようで……」

南側の袂から、岡っ引きとその手下が橋を登ってくるのが見えた。立ち止まっていれば怪しまれるとの思いから、丈一郎と音乃は橋を渡る素振りを見せた。

五間ほど歩いたところですれ違う。丈一郎も知っている岡っ引きであった。川面《かわも》に顔を向けて、相手の視線を躱《かわ》す。

一瞬だが、手下に話しかける岡っ引きの声が音乃の耳に入った。

「仏さんは見つかったものの、誰が誰だか……」

音乃の耳に聞こえたのは、それだけであった。あとの言葉は、川風によって江戸湾のほうに流されていった。

「お義父さま、聞こえました？」

橋を渡りきったところで立ち止まり、音乃が問うた。

「いや。あの岡っ引きは知ってる男でな、ずっと顔を逸らしておった。何か言ってたか？」

「はい。仏さんは見つかったものの、誰が誰だか……と。おそらく、身元はまだ分からないのでございましょう」

「おそらく、聞き込みで廻っているのだろう。となると、川に落ちたのはこの近在の者ではなさそうだな」

「いかがして、そう思われます？」

「近所の者だったら、すぐに身元は判明するだろうよ。今、音乃の懐にある書き付けが、仏さんのものであったとしたら、紙入れの拵えからして立派なものだ。それほどの代物は、かなりの身上《しんしょう》がなければもてんぞ。どこかのお大尽《だいじん》か、それなりの禄を食《は》む、お武家のものと思われる」

「もし、お武家様でしたらむざむざ橋から落とされることもないでしょうね」

「たしかに、武家ということはありえんな。となると、金持ちの町人ってことになる。もし商店の主がいなくなったとすれば、店をあげて大騒ぎをするだろうよ。それが、いまだに身元が知れぬとあらば、近在の者ではないということだ」

「なんですか、ますますこの書き付けが重要になってきたようですね」

音乃が、懐にしまわれた紙入れを押さえつけるように、胸に手を当てた。

「しかし、その書き付けにも紙入れにも、どこの誰かを記してないからなあ。やはり身元を調べるのは難儀するぞ」

「いったい、どこのどちら様なんでしょう？」

「そいつさえ分かれば……」

「あら、さっきの岡っ引きたちが……」

引き返してくるのを音乃がとらえ、丈一郎の口を制した。

背中から、橋を渡る足音が聞こえてくる。速足であった。

問いが、背中越しにかかった。

「お侍さんがた、こんなところで、何をしてますんで？」

立ち止まって話をしていれば、尋問されるのも仕方ない。橋を渡り、すでに遠くに行ってしまったと思っていたのが迂闊《うかつ》であった。

「いや、なんでもない」

丈一郎は仕方なく、顔を岡っ引きに向けた。

「おや、見覚えがあるお方で。もしや、北町におられた……お名は失念してご無礼を……」

「もう、隠居して北町にはおらん」

「左様でございやしたか。こちらは、お嬢さまで……？」

脂《あぶら》ぎった顔で、岡っ引きは音乃の体を舐《な》め回すように見やっている。

「ずいぶんと、別嬪《べっぴん》さんで……」

にんまりとした岡っ引きの顔から、音乃はそっぽを向いた。

「ああ、そうだ。人が何をしていてもよかろう。朝の散歩に出たところでな、どっちに行こうかと迷っていたところだ」

「さいでしたかい。それでは、ごめんなすって」

丈一郎の素性を知ったからか、何も訊かずに岡っ引きたちは道を左に取った。大川端の、波打ち護岸がされた堤防のほうである。

「ちょっと待ってくれ」

事件の触《さわ》りだけでも知っておこうと、丈一郎のほうから岡っ引きを呼び止めた。

「へい、何か……？」

「昨夜、この橋から人が落ちたようだが、その後何か分かったか？」

「旦那はご存じだったので？」

「ああ。昨夜は、高橋から満月を眺めてたのでな。そのとき、稲荷橋の上から男が落ちたぞと声が聞こえたと同時に、大きな水音がした。やがて南町が駆けつけたようだが、その後どうなった？」

「旦那は、お嬢さまとこのあたりにいたんですかい？」

音乃は堤防のほうを向いて、丈一郎と岡っ引きの話に聞き入っている。

「いや、家内とだ。ちょっとでしゃばろうと思ったが、もう町方ではない。家内にも止められ、そのまま家へと戻った。同心であった癖も抜けずあとが気になってな、それで呼び止めたってわけだ」

「さいでしたかい」

にこやかな顔をして、岡っ引きの応対がよい。

「それで、殺しだったのか？」

「いえ、殺しではねえようで。この欄干の高さでは突き落とすことはできねえし、かといって、男一人をもち上げて放り投げるのはかなりの力のある者じゃねえと。そんなんで、自分から飛び込んだに違えねえと」

「やはり、自害だったか」

「やはりって、旦那は、ご存じだったんで？」

「いや、誰かがそんなことを言っておったのでな」

「ところで旦那、ついでに訊きやすが……」

「なんだ？」

岡っ引きの、人の心をのぞき込むような目に触れ、丈一郎の心に一瞬動揺が走った。

――紙入れのことを知っているのか？

うしろめたさからくる、揺らぎであった。だが、それが面相に表れるほど、丈一郎は柔《やわ》ではない。

「仏さんは見つかったんですが、どこの誰かが分からねえんで。身形《みなり》は商人らしいんですが、旦那に心当たりはねえですか？」

「あまり商人とは関わりがないのでな、訊かれても分からん」

「お嬢さんは、どうですかい？」

背中を向ける音乃に、岡っ引きが声をかけた。

「いいえ、まったく……」

振り向くと、顔に笑みを含ませ音乃は言った。少しはお愛想《あいそ》を見せないと、訝《いぶか》しがられると思ったからだ。岡っ引きの表情は、ドキッと驚くような、ビクッとひきつったような、なんとも複雑なものとなった。

――こんないい女、そうやすやすとはいやしねえ。

「そ、そうでやしたかい。すいやせん」

答える声も、上ずっている。音乃への問いたては、それまでとなった。

「それで、身投げをした商人というのはどんな男だ？」

丈一郎が、岡っ引きから逆に話を引き出す。

「へえ。身の丈が五尺二寸ほどで、痩せぎすの小柄な男ってことで……。あっしらは、まだそれ以上何も聞いてねえもんで……」

岡っ引きも、たいしたことは知らないようだ。さらに聞き出しても、かえって怪しまれるだけだ。

「やはり、心当たりはないな。音乃はどうだ？」

「はい、わたくしもまったく……」

「すまんな親分、役に立てなくて」

丈一郎は、岡っ引きに向けて小さく頭を下げた。

「なあに、いいってことで。それじゃ、あっしらは仏の身元を探さなきゃいけねえもんですから、これで……」

岡っ引きたちは、堤防のほうへと小走りに向かっていった。

「あっちのほうに行ったところで、何もないだろうが……」

丈一郎の、呟くような声音であった。

七

実の父親、奥田義兵衛のことが気にかかる。

粕壁宿で、名主から賄賂を受け取ったという咎である。父に限って、そんな不埒《ふらち》なことはしないと音乃は信じている。だが、潔白を証明しないと義兵衛は腹を召さなくてはならない。それと、義兵衛だけの罪でなく、累《るい》は方々におよぶ。

音乃と丈一郎に課せられた時限は、たったの十日である。その間、取り調べは保留されるものの、面談はできない条件であった。義兵衛からは、直《じか》に釈明を得ることが叶わず、真相は一から自らの手で探らなくてはならない。

手がかりは何もない。

家に戻り、丈一郎と策を練ろうとするも、手はずすら浮かんでこない。焦燥《しょうそう》だけが、互いの頭の中で空回りする。

「家の中で考えていたって、何も前には進まん。とりあえず、粕壁宿に行って詳しい話を探ってこようぞ」

半刻ほど考えた末、二人が出した結論はこれだけであった。真相を探るには、まずは、現場に行くほかはないと。

「わたしもまいりましょうか？」

「いや、二人で行くこともあるまい。音乃は、義兵衛様を捕らえたという、幕府目付のことを探ってくれ」

「かしこまりました」

二人の、役割分担ができた。

「粕壁宿か……」

今まで丈一郎は、気にしたこともない地名であった。むろん、足を踏み入れたことなど一度もない、未知の土地である。丈一郎がこれまでに行った最北の場所といえば、千住《せんじゅ》止まりである。音乃にいたっては、浅草《あさくさ》すらも行ったことがない。

「はて、調べてみませんと。それで、ご出立はいつになされますか？」

「なるべく早いほうがよい。ただ、粕壁まで行くには、どれほどときがかかるかだ」

「まずは、それを調べた上で……」

早ければ、昼過ぎの出立にしようと、丈一郎は旅の準備をすることにした。

音乃は日本橋《にほんばし》の書林まで出向き、宿場の内容が詳しく載った細見本《さいけんぼん》を買い求めることにした。

細見本とは、案内書と取ってもらってよい。

八丁堀を通り越し、およそ十町行った日本橋数寄屋《すきや》町に、大林堂《だいりんどう》という大きな書物屋の看板が出ていたのを思い出した。

「……あそこなら、ありそう」

音乃が細見本で、知りたいことが二つあった。一つは、各街道の宿場間の隔たりが記されたものであり、もう一つは、粕壁宿のことが詳しく載ったものである。できれば、一冊の中に両方書かれている本がありがたい。

大林堂の店先には、戸板を並べた平台が置かれ、黄表紙《きびょうし》や滑稽本《こっけいぼん》が平積みになってうず高く積まれている。五人ほどが平台を取り囲み、立ち読みをしている。その周りを、十五歳ほどの小僧がハタキをもって、うろちょろしている姿があった。

「ちょっと、お訊きしますけど……」

音乃が小僧に声をかけた。

「いらっしゃいませ。どんなご本をお求めでございましょう？」

「宿場の、案内書みたいなのはないかしら？」

「それでしたら、こちらに」

小僧が先に歩き、案内をする。ときどきは振り向いて、音乃に話しかける。

「どちらか、旅に行かれるのでございますか？」

「ええ、ちょっと。武州《ぶしゅう》は粕壁まで……」

「粕壁でしたら、そんなに遠い旅とはいえませんね。片道九里とちょっとですから、足の達者な人なら、一日もあれば着いてしまいます」

さすが書林の小僧だけあって、物知りだと音乃は感心する。

粕壁までは、さほど遠い距離でないと知って安堵した。それでも、昼過ぎに出立すれば、着くのは真夜中になる。

一日で行くには、丈一郎の足ではきつそうだ。

「……途中、一泊したほうがよろしいかしら」

ならば、どこの宿場を取ればよいかと、それも細見本に頼ることにした。

「このあたりに、そんな本が並んでおります。これなんぞ、お嬢さまの旅のお供《とも》によろしいかと……」

小僧が棚から抜き出した本の表紙を読んだ。『秋の味覚食倒名物綴』と書かれてあるので、すぐに棚へと戻した。

「自分で探しますから、けっこうです」

小僧が横にへばりついていては、ゆっくりと探すことができない。

「左様でございますか。棚から取り出した本は、必ず元に戻しておいてください」

「はい、分かりました」

小僧は不機嫌そうな顔となって、音乃から離れていった。

「……なかなか、日光奥州街道だけが書かれた本はありませんね」

棚にはまった細見本の、背表紙を音乃は目で追って呟く。すると、一冊の本に音乃の目が止まった。『五街道宿場旅のいろは』と、背表紙に書かれてある。

項目の内容を見て、日光奥州街道の個所を開いた。

ずいぶんと厚い本であるが、粕壁宿の案内はたったの一行である。五街道の宿場をすべて詳しく紹介していたら、途轍《とてつ》もない丁合いを必要とするだろうから仕方ない。

音乃は、粕壁宿の項目を黙読する。

『日本橋から 四番目の宿場 桐簞笥《きりだんす》で知られている』

書いてあるのは、これだけであった。参考にならないと、音乃は本を閉じようとしたところで思いとどまった。

「そうだ、宿場間の距離……」

それを調べるのが先であったと、項目を探した。

「……ここに書いてある」

五街道ごとに、宿場名がずらりと並んで記されてある。

東海道《とうかいどう》の五十三宿からはじまり、中山道《なかせんどう》の六十九宿、甲州《こうしゅう》街道は三十八宿のあとに、日光道、奥州街道の順に記されてあった。

音乃は立ちながら、その個所を黙読する。

「まずは、日光道から……」

ハタキをもった小僧が、うしろを通り過ぎた。気にせずに、読み進む。

日本橋から千住宿二里八町、千住宿から草加《そうか》宿二里八町で、ほぼ同じ距離の間隔だ。草加宿から越ヶ谷《こしがや》一里二十八町まで読んだところで、またも小僧がハタキを軽く振りながら通り過ぎた。

越ヶ谷宿から粕壁宿まで二里三十町。すべてを足すと、七里七十四町となる。一里を三十六町で置き換えると――。

「粕壁宿までは、九里と二町か」

音乃は、頭の中で数を弾《はじ》いた。算盤《そろばん》の、暗算も得意である。

ここまでの道程が分かれば、本を買うまでもない。

音乃は、粕壁までの距離を読んで、袂にしまった紙片を取り出した。もう一つ、調べたいことがあったからだ。紙片の道程と日光道が一致するかどうかだ。

うしろの小僧を気にしながら、音乃は紙片と本とを見比べた。音乃はこの距離を、最後に十四と書かれた項目の、下の部分に目を向けた。しかし、数がどこにも当てはまらない。

宿場と江戸との距離と考えていた。しかし、数がどこにも当てはまらない。

書き付けの距離を日本橋草加間と、音乃は仮定して読んだ。

案内書のほうは四里十六町となる。だが、書き付けのほうは五里十八町と書かれてある。一里近い違いとなる。念のため、越ヶ谷までを足すと六里八町となって、やはり一里近く遠くなってしまう。日本橋草加間では距離が短すぎるし、越ヶ谷までとなると遠くなってしまう。

「日光街道ではなさそう……」

十三の項目より上の距離を、すべて計算をしていたらいい加減にしろと、小僧にハタキで叩《はた》かれかねない。ただ読みをした分、何かで償《つぐな》ってやらなくては申しわけない。律と丈一郎のために『壺押法健全読本』を買うことに決めている。

草加宿から粕壁宿の距離を読んで、本を棚に戻すことにした。

草加と粕壁間は三里五十八町となる。置き換えると、四里二十二町である。

「おや？　ほぼ一致する」

二町くらいは、差ではない。

音乃は本を閉じ、壺押し読本と共に帳場へと持っていった。

大林堂を出るとき件《くだん》の小僧が、ハタキを逆さに手にして、にこやかな顔をして見送ってくれた。

霊巌島の家に戻ると、まだ正午には四半刻ほどを残している。

「お待ちどおさまでした」

「どうだ、あったか？」

待ちかねたように、戸口先で丈一郎が出迎えた。いつでも出かけられるよう、すでに野袴を穿いている。

「はい。ただ、あまり案内に詳しいものではなく……」

「なんでもよいから、早く上がってきなさい」

部屋に入ると、律が茶を淹《い》れて待っていた。

「お義母さまにはこれを……」

律の膝の前に『壺押法健全読本』を差し出す。

「おや、ありがたいねえ。さっそく隣の部屋で、試してきます」

「ご自分で押せないところは、あとでわたしが押してさし上げます」

「他人《ひと》のことは心配しないでいいですから、まずはご自分のお務めを全《まっと》うしなさい。このたびは、お父さまのことで大変なんでしょ」

律が座を外したのは、話に邪魔にならないようにとの、配慮であった。

「……ありがとうございます」

声を小さく、頭は大きく下げた。

「どれ、見せてみろ」

丈一郎が、本の催促をした。

「はい」

音乃は、丈一郎に向けて本を広げた。

「日本橋から粕壁までは……」

四つの宿場間の距離を足さなくてはならない。頭では追えず、丈一郎は先を読むのをやめた。

「粕壁までを足しますと、およそ九里と二町になるかと……」

「さすが、音乃は勘定が速いな」

「いいえ、立ち読みして計算してましたら、小僧さんからハタキで叩かれそうになりました」

音乃の裏話に、丈一郎から笑いが漏れた。

「今から出ると、粕壁に着くのは夜中になってしまうな」

「ですので、どこかに一泊お泊まりになるのがよろしいかと」

「ならば、草加宿がいいだろう」

「草加までは、四里十六町……」

「いや音乃、そう思ってな、船宿にいる源三《げんぞう》に話をつけてきた。こういうときのために、霊巌島に住んでいるってことを忘れるな」

「千住まで舟で行かれますと……源三さんも大変だこと」

「大変なことなどあるか。船頭ならば大した距離ではない。ここから吉原《よしわら》まで行く舟など、いくらでもあるからな。吉原と千住は目と鼻の先だ」

話しながら丈一郎は、別の項目に目を向けている。

「ここに、草加宿の案内が書かれてあるぞ。二番目の宿場で、名物は煎餅《せんべえ》。なんだ、ただそれだけか。次の越ヶ谷はなんと……？　三番目の宿場で、慈姑《くわい》の産地で名高い。あまり、案内書としては役に立たんな。もっていって、旅の友にしようと思ったが、やたら重いだけなのでやめた」

丈一郎が話している最中、音乃は懐から例の書き付けを取り出して広げた。

「この十四のところが分かりませんでしたが、十三の項目の距離が草加と粕壁の距離とほぼ一致するのです。それを見て、この本を買う気になりました。その先が一致すれば、これは日光道か、奥州道に間違いがないかと思われます」

「なるほどな。それで、粕壁から先はどうだ？」

「これから、調べることに。十二と十三の間は、三里十町……」

音乃は、書き付けから案内書のほうに目を移した。

「粕壁宿から次は杉戸《すぎと》まで一里二十一町。杉戸から幸手《さって》宿まで一里二十五町か……合わせると二里四十六町。一里が三十六町だから……」

「ちょうど、ピタリと合うな」

「念のため、その先十一の項目。うわ、ここなんか、すごく近い。二里と三町しか有りません」

「幸手宿から栗橋《くりはし》宿で、たった一駅だな」

栗橋から先を、四半刻ほどかけて辿った。六と書かれたのが、宇都宮《うつのみや》に当たる。その先は日光道ではなく奥州街道となり、出立の宿場は白河《しらかわ》宿となる。

「そうなると、発端は白河藩てことになるな。それにしても、これは参勤交代などではないぞ。どんな馬鹿な藩主でも、こんな小刻みな動き方などしまい」

「そのあたりを、こちらで調べておきます。父上のことと、関わりがあるか分かりませんが、同じ街道でのことですから何か感じるところもございます」

「わしもそう思っている。江戸のことは音乃に任せた。さてと、湯漬《ゆづ》けをかっ込んで、出かけるとするか。これ、律……」

「はあい」

隣の部屋から、悦にこもった律の声が返った。

「首の壺など、自分で押しても気持ちのいいこと。うなじのところにある、天柱《てんちゅう》などという壺を押すと頭がすっきりしますわ。頭痛もちも、治るみたい」

襖が開き、部屋に入ってきてそうそう律は壺の効能を語った。

「そいつはよかった。ところで、これから粕壁宿に行ってくる。腹を満たしてから行くので、用意をしてくれ」

「かしこまりました」

律は立ち上がると、呟きながら部屋を出ていく。

「……こんな楽になったのも、音乃のおかげ。ああ、背中が指を欲しがってるわ」

「あとで、押してさし上げます」

苦笑いを浮かべて、音乃は返した。

第二章　幕閣の対立

一

千住からの戻りは、隅田川の流れに乗って快適である。

丈一郎を無事に、千住宿の北岸に降ろしてからの帰りであった。戻り舟で、源三は一人の客を乗せた。深川《ふかがわ》まで行きたいという客であった。背中に大きな行李《こうり》を背負っている、三十代半ばの、商人風の男であった。

戻り舟の舟代の半分は、船頭の懐《ふところ》に入る。源三にとってありがたい駄賃《だちん》であった。

隅田川は、堀切《ほりきり》村あたりから向島《むこうじま》にかけてほぼ九十度に折れ曲がる。西から来た流れが、南へと水先を変えるのだ。

その曲がり口まで来たところで、艫《とも》で櫓《ろ》を漕ぐ源三はおやと小首を傾げた。

向島側の対岸で膝のあたりまで脚絆《きゃはん》を巻いて、腰に魚籠《びく》のようなものをぶら下げた男が数人、土手の草むらの中を中腰となって何かを探し回っている姿があった。

「いったい何を探してるんだか、お客さんは分かりやすかい？」

源三には初めて見る光景で、客に問うた。

「ああ、あれですかい。あいつはですね、こいつを探してるんですよ」

客は言いながら、拳《こぶし》を丸めて蛇行をさせるようにもち上げた。それだけで、答になった。

源三は、いやな気分になった。あまり、あっちのほうは好かない。

「あのあたりの土手には、蝮《まむし》がうようよいましてね」

「蝮って、あの毒のある蛇ですかい？」

「ああ、そうです。蝮は高く売れるっていいますからね。あのあたりにいるのは、それも、飛び切り上等の赤蝮です。とくに秋にかけては子を産む時期で、奴らも気が立っている。蝮だけは卵ではなく、口から子供を産むって船頭さんは知ってますかい？」

「いいや、知りやせんでした。へえ、蝮は口から子を産むんですかい？」

「手前は見たことがないので知らないが、どうもそうらしい。だから、今時期の蝮は危ないってんです。柔らかいものがあったら、やたらと嚙みつく。そして、嚙みついたあとは牙が抜け、子が産み出しやすくなるって習性があるのですな」

「へえ、お客さんは詳しい」

「詳しいはずですよ。この行李の中には何が入ってるか、知ってますか？」

「まっ、まさか？」

源三の顔は、にわかに青ざめた。

「ああ、そのまさかです。見せてさし上げましょうか？」

耳を行李に向けると、中からガサゴソ蠢《うごめ》く音が聞こえてくる。

「いっ、いや。遠慮しときやす。舟が漕げなくなりやすんで」

「分かりましたよ。舟がひっくり返ったら、それこそ大事《おおごと》だ。ところで船頭さん、どうしてあのあたりに蝮が多いか知ってますか？」

「いや、知るわけありやせん」

客が、蘊蓄《うんちく》を語り出す。源三は後学のためにと、櫓を漕ぐ手をゆっくりとさせ、舟の速さを川の流れに任せて話を聞いた。

「大川の水は、どこから流れてくるかは知ってますよね」

「へえ、千住までは荒川《あらかわ》といって、遠くは秩父《ちちぶ》のほうから……」

「もっと奥の甲武信ヶ岳《こぶしがたけ》が、荒川の源流となってます。秩父山地というのは、赤蝮の生息地でも知られてましてな。川は、だんだん下流になるにつれ幅も広がってきます。秩父の村まで下れば、長瀞《ながとろ》といわれる渓流となる。それは、風光明媚《めいび》なところです」

「お客さんは、行ったことがあるので？」

「いいえ、実は聞いた話ですがね。それはともかく、奥秩父に大雨が降ると、雨水は荒川に集中する。山肌にいた蝮も流されて、おのずと川にはまる。その数がけっこういるらしいですな。川は蛇行して流れるが、曲がり口のつきあたりの多くは、流された蝮の上陸地となる。奥秩父から江戸まではおよそ四十里あるといいます。流れに乗った蝮が、途中どこにもつっかえず、向島まで辿り着くのもいる。たいてい向島が、最終の上陸地ってことになりますな。この先大川は真っ直ぐとなって、どこにもつっかえることなく流された蝮は、江戸湾に出て穴子になるという話です」

「穴子にですかい？」

源三は、露骨にいやな顔をした。

「いや、穴子というのは冗談です。だが、遠く秩父から向島まで辿り着いた蝮は、かなり根性があるとは思いませんかね、船頭さん」

「はあ……」

「そんなんで、とくにこのあたりの蝮は毒気が強く、その分精力も絶大なので高く売れるということです」

早くこの客をおろそうと、源三は櫓を漕ぐ手を速くさせた。

「申し遅れました。手前は深川佐賀《さが》町で『銀鱗堂《ぎんりんどう》』という、蝮屋を商《あきな》う者でして、どうぞご用がありましたら、お立ち寄りください」

よく喋る商人である。源三は、何気なく話を聞いていた。

「この行李の中にいる蝮は、すでに買い手がございまして。ご愛用いただく、お大名がおられましてね、そちら様からのご注文でして……」

そんな話はどうでもいい。気持ち悪いからよしてくれとも言えず、源三は聞くともなしに聞いていた。

「先代のご藩主様は、わずか三歳でお亡くなりになり、あとを継いだお殿様も、これも病弱ときている。先日、参勤交代で江戸にお着きになられましたが、滋養をつけるため蝮をご注文なされました」

「へえ、そうですかい」

源三にとっては、まったく興の乗らない話である。風下《かざしも》に立っているのと甲高い声なので、客の話はよく聞こえる。

客を飽きさせないため、源三は話の相手をする。無骨な源三も、このごろは客商売としての道理を心得てきているようだ。愛想のつもりで訊いた。

「どちらのご藩主様で?」

風下にいるので、声音を高くする。

「陸奥《むつ》は白河藩《しらかわはん》の殿様でして。このお殿様に蝮を食べていただき、滋養を摂《と》っていただくって寸法でございますな。生き血から肝《きも》、むろん身は蒲焼《かばやき》にして美味《びみ》。蝮で食えないところは、毒以外にないといわれてますからな。とりあえず、十匹ほど食していただきます」

「十匹もですか……」

「ですが、ご家臣の話では、お殿様は大の蛇嫌い。どうやって食べていただこうかと、悩んでおいでで……」

かわいそうな殿様だと、源三は顔を顰《しか》めながら思いやった。

「お家のためならば、いやでも食べていただきませんとな。だったら、原形を見せなければよい。穴子《あなご》の蒲焼だとか言って……だが、穴子とか鰻《うなぎ》も、ああいうにょろにょろしたものは一切《いっさい》駄目というから始末が悪い。どうしたらよいものかと、思案に暮れているところです」

客の声音が、源三の耳にくぐもって聞こえてきた。

「船頭さん、そんなんで何かいい考えはないですかね？」

「お殿様ってのは、何が好物で？」

「聞いた話ですが、今が旬の秋刀魚《さんま》が大好きだと。ずっと以前、目黒《めぐろ》に出向いたとき、秋刀魚を食したときから好物になったと……」

「ならば、秋刀魚と言って食わせたらいいんでは……」

「秋刀魚は焼くもの……」

「何をおっしゃいます。秋刀魚の蒲焼といって、甘辛でこってりと煮付けた、そりゃあ美味《うま》い食い方があるってのをご存じないんで？　串にでも刺してやれば、鰻の蒲焼そっくり。そうか、鰻はいやでしたいね。だったら、串はいらねえ。秋刀魚の蒲焼って言ってあげれば、その殿様も、喜んで食うんではねえですかい」

「なるほど。さっそく、ご家臣に伝授してさし上げよう。さすが、船頭さんだ、いいことを聞かせてもらいました」

いつしか遠くに永代橋《えいたいばし》が見えてきた。

永代橋の手前の深川佐賀町の桟橋に舟をつけ、行李を担いで『銀鱗堂』の主は降りていった。

「よく、喋る客だったな。だが、心づけを弾んでくれたから、よしとするかい」

舟を離岸させ、源三は独《ひと》りごちた。

「それにしても、秋刀魚と言われて蝮を食わされる殿様も、気の毒なもんだ。おっと、危ねえ」

余計なことを考え舟を漕いでいたおかげで、危うく永代橋の橋脚にぶつかりそうになった。


丈一郎が粕壁に向けて発ってから、一刻半ばかりのちのことである。

音乃は、目付十人衆の一人である天野又十郎《あまのまたじゅうろう》の役宅を訪れていた。

若年寄支配の目付は、旗本や御家人を監察し、統率する役目にある。目付で音乃が知っているのは、天野又十郎一人である。今は亡き巽真之介と一緒になる前からの知り合いである。その者ならば、音乃の味方になってくれるとの思いがあった。

父親を捕まえたのも目付なら、味方に選ぶのも目付である。

生憎《あいにく》と、天野は城から戻っていない。目付配下である徒目付《かち》に案内されて、屋敷の一部屋で音乃は天野の戻りを待っていた。

そろそろ、夕《ゆう》七ツになろうかという刻限であった。

「間もなくお目付は、戻ると思われます」

　これで、三人目である。かれこれ一刻近く待たされている音乃に、徒目付のさらに配下である小人《こびと》目付が伝えにきた。音乃のもとにくるのは、みな、別な者たちであった。

「――どうだ、えらい別嬪だろ」

　そんな噂は、音乃の耳には聞こえてこない。

　夕七ツを報せる鐘が鳴り、四半刻ほどが経った。間もなく戻ると三度聞いては、引き上げるわけにはいかない。いく分、音乃に焦りが生じたところであった。

　廊下に、慌しい足音が聞こえてきた。

「この部屋か？」

　と聞こえたと同時に、襖が開いた。畳に伏せて、音乃は足音を聞いた。

「おお、音乃どの、久しぶりでござるな。どうぞ、面《おもて》を上げなされ」

　音乃にとって、頼もしい声音であった。裃《かみしも》をつけた、登城したままの姿で、天野は部屋へと入ってきた。旗本御家人の、どんな不正も見逃さないといった、実直さがそのまま表に出た面構《つらがま》えであった。齢《とし》は丈一郎や義兵衛よりも下で、四十代も半ばを越えたあたりである。

「天野様におかれましては、ご機嫌うるわしゅう……」

「そんな堅苦しい挨拶は、よしにしようではないか。こっちこそ、お待たせして申しわけなかったの」

「とんでもございません。お忙しいところ、急に押しかけてきて……」

「しばらく前になるが、音乃どのの武勇伝は、この天野も聞きおよんでおるぞ。その昔火盗改《かとうあらため》長官で、目付となった井山忠治《いやまただはる》の悪事を暴いた働きは大したものでござった」

目付としての天野は、音乃に一目《いちもく》置いている。配下たちの、下にも置かぬもてなしは、そんな経緯《いきさつ》からでもあった。

「いいえ、あのときは無我夢中でございまして……」

「その話はともかく、急ぐ話で来られたのであろう？」

音乃の口を制して、天野は話を先に促した。

「はい。実は……」

「お父上の、奥田殿のことであろうか？」

「はい。粕壁宿で捕らえられたとのこと。父は、そんな不正をする人ではございません。天野様をおうかがいすれば、少しは真相が知れるものと……」

腕を組み、天野は苦渋の表情を浮かべている。その目を見据えて、音乃は訴えた。天野の顔色だけで判断すれば、芳《かんば》しい答は期待できそうもない。音乃の張っていた肩は、力なく落ちた。

二

しばしの沈黙があった。

「音乃どの。申しわけないが、こちらにも詳しいことが伝わってこないのだ。ただ、特別の計らいで、十日の猶予が与えられたことは知っている。奥田殿を捕らえた目付は、浦谷永助《うらやえいすけ》という男での、ちょっと厄介《やっかい》な……」

「厄介と申しますと？」

「いかん。口が滑って、余計なことを言ってしまった」

天野の口調から、音乃はそれを失言とは取らなかった。

――何か含みがありそう。

遠回しに天野は言っているものと、音乃は踏んだ。ただ、その意図が図りかねる。

天野は、仕方なさそうに、かつ独り言のように語りはじめた。気持ちの奥で、音乃に話しかけるように。

「ここだけの話だが、どうやらこの事件には、どでかい裏が絡《から》んでいるような気がしておってな……」

「どでかい裏ですか？」

「ああ。幕政の、根幹にも達するような……いや、まだそうと決まったわけでは……」

「そのことでしたら、すでにお聞きしてございます。大目付様を巻き込み、さらに御老中様まで累《るい》がおよぶと」

「音乃どのは、そこまで存じておったのか？」

「はい。ですが公儀が表立っては探りはできないと。そこで、義父《ちち》とわたしに密命が下った次第でございます」

自分の立場を天野に打ち明け、音乃は再び畳に拝した。

「それで、お願いがございます」

「願いとは……？」

「浦谷永助様のことを、詳しくお聞かせいただければと」

「分かったから、頭を上げなされ。語るには、少し小声にならないといけない。もう少し、近くに来られよ」

一間ある間を、音乃は半間と詰め寄った。そして、いく分前屈みとなる姿勢を取った。天野も合わせて、わずかばかり体を前に倒した。

「さて、これから話すことは、わしの独り言だと思って聞いてくれ」

おもむろに一息吐いて、天野が語り出す。

「これには、昔からの深い因縁が根になっておってな。浦谷殿だけに、関わったことではないのだ」

「いったいどういうことで、ございましょ？」

音乃が、体を越こし気味にして訊いた。

「もうかれこれ五十年にもなるが、商業至上主義を貫いた幕府要人で、老中にまでなられた田沼意次《たぬまおきつぐ》というお方がおられた。その政策に異を唱えたのが、質素倹約を旨《むね》とする松平定信《まつだいらさだのぶ》公であった。その政争の結末は、音乃どのも存じているであろう？」

独り言というのに、問いが発せられた。

「はい。田沼様がご失脚なされて、松平様が政務の指揮を。そこで、寛政《かんせい》の改革なるものを打ちたて、金権で腐敗した世の中を清浄しようと試みたものと……」

「さすが音乃どの、よく知っておるな」

「ほんの、触《さわ》りだけしか知りません」

「その改革の中で、棄捐令《きえんれい》というのがあったのをご存じかな？」

「はい。たしか、借金を帳消しにさせるお触れかと」

「そう、その棄捐令でもって、多くの札差《ふださし》が痛手を被《こうむ》った。なにせ、旗本などに貸し付けていた貸し金を利息どころか、元本まで帳消しにするというのだからな。それまで、この世の春を謳歌していた札差は急転、潰《つぶ》れる業者が多数出た。そんな恨みを松平様は、買ったのだな」

長い言葉を天野は一旦止めて、息を整えた。そして、再び語り出す。

「そんな、田沼意次公の因子を継ぐお方が老中になられて、幕閣の中に派閥というものができた。文政《ぶんせい》元年に、水野忠成《みずのただあきら》様が老中になられ、今は、筆頭老中に納まっている。この水野様というのは、田沼様以上の金権至上主義者で、賄賂を奨励し、金持ちの商人をますます優遇する政《まつりごと》をおこなっている。わしとしても、商業を活発化させて、世の中を活性化させるのはけして反対ではない、むしろ賛同に値する。だが、賄賂を横行させ、一部の商人だけを優遇するのは、まったくもって愚考と唱えたのが、ご老中の青山様であった」

天野が言ったどでかい裏とはこのことかと、音乃は得心《とくしん》する思いでさらに話の先を聞き入る。

「水野様の政を悪政ととらえ、ご老中の青山様や大久保《おおくぼ》様が異を唱えたのだ。金持ちを優遇する政策は、貧富の差を増大させるだけでやがては民を疲弊《ひへい》させる。現に、地方の農村では飢饉までも起きて、一揆《いっき》や打ち壊しがあちらこちらで発生している。やがては、江戸にまで飛び火するのは間違いない。そんな腐敗したご政道を正すために、老中青山様は大目付の井上様に命《めい》を下された。とくに、大名と悪徳商人との癒着《ゆちゃく》を暴《あば》き、糾弾《きゅうだん》するのが目的であった。奥田義兵衛殿は、その探りにある最中で、逆に相手の手中《しゅちゅう》に捕らえられてしまった。皮肉にも、賄賂を受け取ったという廉《かど》でな」

「贈賄が許されるなら、父上の咎は許されますのでは？　なぜに父は捕らえられたのでございましょう？」

音乃は、一膝繰り出して問い詰めた。

「そこに、複雑な絡みが出てくる。同じ賂《まいない》でも、解釈が異なるのだ。私利私欲での賂は、断じて禁じられておる。それと、奥田殿は刀を抜いて賂を強要したということだ。そうなると、職権を乱用した脅しと取られても仕方がない」

「そんな、ご無体な。父は、他人にお金を強要する人ではまったくもってございません」

音乃が、興奮気味に訴えた。

「それは分かっておる。だから、話は最後まで聞かれよ」

声高になった音乃を、天野がたしなめた。

「はい、申しわけございません」

気持ちの高ぶりを鎮め、音乃は前屈みとなった体を元へと戻した。

「こたびのことは、奥田殿が相手の策謀に嵌《はま》ったものに外《ほか》ならない。贈賄を曝露する役目の者が、逆に贈賄でもって罪を犯す。それを盾《たて》にして、政敵青山様の攻勢を撃ち砕こうとしておるのだろう。まさに筆頭老中水野様と青山様の争いに、奥田殿は巻き込まれたのだ」

相手が筆頭老中水野忠成とあっては、途轍《とてつ》もなく大きい。それを思うだけで、音乃は憂鬱な心持ちとなった。だが、ここで挫《くじ》けては父親の義兵衛は切腹に追いやられてしまう。いや、切腹ならば武士としての一分《いちぶん》が通り奥田家の断絶までには至るまい。最悪なのは、極刑である。獄門首となり一家は断絶、その罪は末代まで科せられる。

ぼんやりと、そんな思いを頭の中で描いたところで天野の声が聞こえてきた。

「音乃どの、聞いておるか？」

「あっ、はい」

天野の声に促され、音乃は居住まいを正した。

「ここで今、幕閣は真っ二つに割れている。大きく分ければ、水野派と青山派だ。派閥などとはいやな言葉だが、相手の主張を拒むならば、おのずとどちらかにつかなくてはならない。若年寄で下総生実藩主《しもうさおゆみ》森川俊知《もりかわとしとも》様も、水野様のやり方には不満をもつ一人であってな。このわしは森川様に推挙されて、目付の職を得た。四人いる若年寄の一人で、田沼意正《おきまさ》様というのがいる。意次様の四男で生まれたお方だ。将軍家斉《いえなり》公の覚えがめでたく、水野忠成様の推挙があって文政二年に若年寄になられた。六十歳を過ぎてからの、若年寄だぞ。それには、かなりの付け届けがあったそうだ。森川様も、そこに不満を抱いておる。どうだ、このあたりの事情は分かるか？」

「はい。要約しますと、水野派の若年寄は田沼意正で、青山派の若年寄は森川様ということで。その森川様の下に、天野様がおられるということに……」

「そういうことだ。そして、奥田殿を捕らえた浦谷永助殿は、田沼様寄りということになるな。さて、話は大目付に移るが」

「はい……」

話が父親の奥田義兵衛に触れてくる。音乃は小さくうなずき、天野の話を余すところなく聞き入る姿勢を取った。

「存じておるように、大目付は老中配下だ。先ほども申したとおり、義兵衛殿の上司である井上利泰様は、青山様についておられる。一方、水野様の配下には大目付笠間《かさま》源太夫《げんだゆう》様というお方がついている。旗本から、大名の座を狙おうという野心家だ。水野様の腰巾着《こしぎんちゃく》となって働いておるが、井上様はこの男が大嫌いでな、『蝮』とまで罵倒して嫌っている。わしも、いけ好かない男だと思っている」

鼻息荒くして、天野は言い放った。

音乃の頭の中では、派閥抗争の図が出来上がっていた。敵の敵は味方という構図である。

父親奥田義兵衛の不正を足がかりに、青山一派の牙城《がじょう》を崩そうとの画策が、虎視《こし》眈々《たんたん》となされている。

「わしらでは手が出せないところが、なんとも歯痒《はがゆ》い。それで井上様の盟友である、北町奉行の榊原様に話が伝わり、巽丈一郎どのと音乃どのに話が下りたのであろう。奥田殿が捕らえられた真相を暴き出せさえすれば、あとはこちらでなんとでもできる。わしからも、願うところだ」

目付天野にしても、自分の将来を左右する大事なのである。音乃の小さな双肩に向けて、気持ち程度に小さく頭を下げた。

「それと、もう一つ話があった」

「はい……」

「探るに当たって、気をつけてもらいたいことがある。目付というのは、旗本や御家人を監察し、幕府内の秩序を保つのが職掌である。そのため配下には、探索役とする隠密《おんみつ》を抱えている。徒目付をはじめ、小人目付、徒押《かちおさえ》、黒鍬衆《くろくわしゆう》といわれる者たちだ。むろん、浦谷殿もこれらの者を動かしている。普段、この者たちは商人や職人などの町人や、禄を取られた浪人に身を変えている者が多い。どこで、探りを入れられるかも分からん。くれぐれも、注意を怠らないように一言添えておく」

　天野の話を聞いていて、音乃は、ふと思った。丈一郎が、粕壁に出向いたのは少し早まったのではと。一日遅れても、天野の話を聞いてから動けばよかった。焦りというのはこういうことかと、後悔が音乃の気持ちを苛《さいな》んだ。

「わしからの話は以上だ」

　はじめはさして事情が分からないと言っていたが、まったく違って天野は多くを語ってくれた。

「長い独り言であったが、音乃どのの耳に入っただろうかの？」

「はい」

音乃は、小さな声音で返事をした。公然とは語れぬ話を、天野は独り言と言いわけし、音乃に伝えたのであった。

三

不気味なのは、黒鍬衆である。むろん天野もこの配下を率いているが、黒鍬衆も三派に分かれている。その一派の組頭を浦谷は押さえていた。

黒鍬衆とは普段、小者や中間《ちゅうげん》として江戸城内の修復や修築作業、諸令伝達などの雑務をこなしている者たちである。浦谷は、黒鍬衆の一部の者を探索者として使っていた。

音乃は、そんな存在があることを、天野の話で初めて知った。もしかしたら、丈一郎は黒鍬衆の探りの対象にされているかもしれないと、背筋に冷たいものを感じていた。

その丈一郎の、今夜の泊まりは草加宿であった。

日光奥州道二番目の草加宿は、本陣一軒、脇本陣一軒、そして旅籠《はたご》六十七軒を抱える、南北十二町に亘《わた》る宿場であった。

江戸に上る旅人は、ここで最後の宿を取る。逆に江戸を昼過ぎに発った、北に下る旅人が着くのは暮《くれ》六ツごろとなる。日本橋より、四里十六町離れたところである。

その日、宿場は混み合っていた。

大、中規模の旅籠はみな埋まり、かろうじて相部屋となる小さな旅館に丈一郎は潜《もぐ》り込むことができた。自分で食の賄《まかない》をする、素泊まりの木賃宿《きちんやど》である。

「……夜露を凌げるだけ、よしとするか」

六人の相部屋の、一隅に丈一郎は場所を取った。丈一郎のほかは、すべて町人であった。旅をしながら行商を糧《かて》とする担ぎ商人二人と、渡世人《とせいにん》が一人、そして夫婦連れの女が混じる一組であった。丈一郎だけが腰を下ろし、背中を壁にもたれている。ほかの五人は、旅の疲れからか、畳床に敷かれた薄べりの上に横たわっている。

「夜の賄ってのは、どうなっているのだ？」

旅なれない丈一郎が、隣でごろ寝をしている商人に訊いた。

「たいていこういう宿では、自分で米を炊いたりして賄うものです。お侍さんは、こういう宿に泊まったことがないので？」

「ああ、初めてだ。どこも宿が、空いてなかったものでな。腹が減って待っていても、飯が出ないのでおかしく思っていたところだ」

「いつまで経ったって、飯なんぞ出てきませんよ。ここにいる人たちはみな、とっと飯を自分で作って食い、あとはもう寝るだけですから、おとなしいもんです」

「そうだったのか」

夕餉《ゆうげ》にありつこうと思えば、外に出てめし屋か居酒屋を探す以外にない。丈一郎は、外に出ようと立ち上がった。腰に大刀を差し、一歩踏み出そうとしたところで、番頭が新しい客を連れてきた。

「申しわけございませんが、もう一人お泊めさせていただきたいのですが……」

番頭の脇に立つのは、唐草模様の風呂敷で行李を包んだやはり担ぎ商人といわれる旅人であった。やけに顔が黒いというのが、丈一郎の初対面での感想であった。

「なんでえ、ここは六人部屋だぜ。もう一人増やして、どこに寝させるってんだい？」

渡世人が、番頭に向けて言った。

「なんとか、お一人詰めていただければ……」

客の都合などかまわない、詰められるだけ詰めさせるというのが宿の方針であるらしい。番頭の隣に立つ商人が、一緒になって頭を下げた。

丈一郎は、外に出るのを迷った。このまま出ていけば、戻ってきたときには寝るところがなくなっているのではないかと案じたからだ。

八畳の間に、ぎゅうぎゅうに詰めて七枚の薄べりが敷かれた。寝床だけは、人数分確保できたようだ。

「……こんなところで、よく寝られるな」

酒の力を借りなければ寝られないだろうと、丈一郎は晩酌を摂ることにした。旅籠の外に出て、それらしき店を探す。

一町ほど北に、赤提灯の下がった店がある。丈一郎は、赤く灯る明かりを目指して歩いた。

縄暖簾《なわのれん》が垂れ、丈一郎は二つに割って中へと入った。

「いらっしゃいませ。お好きなお席にどうぞ」

仲居の黄色い声がかかった。顔を真ん丸く腫らした、大肥《おおぶと》りの女であった。

丈一郎は、店の中ほどの空いている長床几《ながしょうぎ》に腰を下ろした。

「何をお召し上がりで？」

壁を見ると、品書きが貼ってある。

「とりあえず、二本ばかり熱燗をつけてくれんかな。それと、肴《さかな》には……おお『おから』とあるな。そいつを、頼もうか」

「かしこまりました。熱燗二本に、おからいっちょうー」

大肥りの仲居が、厨房へと声を飛ばした。

ほかに何を頼もうかと、壁に目を凝らしているところに、声がかかった。

「相席、よろしいでしょうか?」

周りを見ると、どこの床几も塞《ふさ》がっている。

「ああ、どうぞ」

丈一郎が顔を向けると、旅籠にあとから割り込んできた客の商人であった。その黒い顔に、丈一郎は一目で判別できた。

「申しわけございませんな、狭い部屋だってのに割り込ませていただきまして……」

商人のほうも、丈一郎を覚えていた。

「お武家さまというのに、あんな木賃宿に泊まるとはお珍しい」

商人のほうから、話しかけてきた。

「どこも空いてなかったものでな……」

「宿も相宿、居酒屋でも相席とは心苦しいですな」

商人が遠慮がちに言って、片隅に腰を落とした。間を開けるのは、そこに酒や肴が置かれるからだ。

「あら、お客さん。お連れさんですか？」

件《くだん》の仲居が近寄ってきた。

「いや、空いてるところがなかったので、相席にしてもらった」

「そうでしたか。それで、ご注文は？」

「おでんを肴に、酒を頼む」

仲居に向けて、商人が注文を出した。商人の声音に、丈一郎は壁に向けていた顔を、ふと元に戻した。商人らしくない、口調と感じたからだ。


やがて、丈一郎の分だけ運ばれてきた。

二合の徳利が、二本立っている。一合の銚子と思っていただけに、頼みすぎたと丈一郎は後悔をした。

「少しばかり、注文する量が多すぎた。手伝ってもらえないだろうか？」

丈一郎は、商人に向けて徳利の口を差し出した。

「えっ、そいつはありがたいことで。遠慮なく、いただきましょう」

「そう言ってもらって、むしろこっちのほうがありがたい。ならば、一献……」

丈一郎は、差し出す猪口《ちょこ》に酒を注いだ。

「袖振り合うも、なんとかと申します」

このあたりから、丈一郎と商人は急速に近づくことになる。

「申し遅れました。手前、薬の行商で糊口《ここう》を凌《しの》ぐ、唐吉《とうきち》と申します。とうは藤ではなく、唐天竺《からてんじく》の唐と書きます」

唐天竺とは、珍しい喩《たと》えを出すと丈一郎は思った。

「唐吉さんか」

三十代も前半と見える。丈一郎とは、二十歳ほどの齢の差があった。

「お武家さまから、さんづけで呼ばれてはくすぐったいですわ。どうぞ、唐吉と名指ししてください」

「そうか。唐吉が名乗ったならば、おれの名も言わんといかぬな。拙者の名は、巽丈一郎と申す。役職のない御家人の、しかも隠居だ。武家といえるほどの者ではない」

「ご謙遜を。そのお腰のものといい、物腰といい、ずいぶんと腰の据わったお武家様だと見受けられます。ええ、手前はこれでも商人の端くれ。人を見る目くらいはもち合わせております」

丈一郎にとっては、嫌な商人の目であった。

「そう見えるかのう。まあ、他人《ひと》からよく見られるのは、ありがたいものだ。まあ、もう一献呑みなされ。よければ、おからも食すがよい」

「ありがとうございます。それじゃあ、遠慮なく」

箸を広げ、おからを一掬《すく》いして唐吉は口に含ませた。

「このおからってやつは、煮付け具合で味が相当に変わりますからな。ここの味つけは、けっこう美味《うま》いが、どうしょうも口にできない味つけもあります。当たり外れが、かなりあるってことですな」

おからを頼んだことを馬鹿にされたような物言いに、丈一郎は気持ちの中にいく分の不快を感じていた。


丈一郎の、気持ちの中を計らず唐吉はにこやかな顔をして口にする。

「これから、どちらにおいでで？　北に向かうということは、粕壁か杉戸へ……」

一切《いっさい》行き先は言ってない。丈一郎の行く場所が口に出て、驚く顔を向けた。

「旅人の恰好を見てましたら、おおよそ行く先は分かります」

「ほう、どうしてかな？」

平静を保って、丈一郎が問うた。

「まずは、お召し物を見れば分かります。長い旅をしてきた者が着ているのは、相当にくたびれてますから、江戸に上る旅人とみてよい。逆にこれから北に下る人は、まだ草鞋《わらじ》も新しい。それと、遠くの旅か近くの旅というのもよく分かります。お武家さまの場合、それは羽織に表れますな。長い旅ならば、背中が深く裂けた道中羽織を着込むはずです。途中、馬に乗ることも考えられますからな。巽様の旅装束ならば、せいぜい一泊の近い旅でございましょう？」

「ああ、図星だ」

答えながらも、丈一郎は唐吉という男を、薄気味悪く感じていた。それでも、気持ちの奥を隠して相手をする。反面、旅の一夜の暇つぶしにはもってこいである。

「唐吉とやらも、江戸とは逆に向かうようだな」

「さすが、よくお見通しで」

「つまらぬ世辞は言わぬでよい。今しがた唐吉も自分で言ったではないか。おぬしの着物も、さほど汚れてはおらんぞ」

「薬の仕入れで手間取りましてね、江戸の出立が昼過ぎになってしまったものですから。できれば今日中に、粕壁には着きたかったのですが……」

「ならば、向かうところは粕壁宿か？」

「へい。そこに、頼まれた薬を届けに行くところです。巽様も、粕壁にご用がおありで……？」

「ああ……」

行きがかり上、答えなくてはならなくなった。嘘をつくにも、すぐにばれる。丈一郎は、言葉を濁したものの、行く先は相手に伝わった。できれば、誰にも教えたくない隠密行動であったが、相手が商人ということで油断があったのかもしれない。

その後、丈一郎は湯漬けを頼み夕飯を済ませた。

四

天野の屋敷から戻る途中、音乃は一抹の不安を抱えていた。

目付の浦谷の配下が、粕壁を見張っていることも考えられる。丈一郎の探りに感づくことも大いにありうる。出かける前に、注意を喚起するのだったと音乃は憂えた。

「……でも、お義父《とう》さまなら大丈夫」

北町の鬼同心として、昔は鳴らした男である。そのあたりは、充分に注意を怠ることはなかろうと、音乃は自分自身に言い聞かせた。

音乃の頭の中に、もう一人の父親の顔が浮かんだ。奥田義兵衛が捕らえられたのは、老中の政権争いに巻き込まれたものと天野は言っていた。思ったよりも複雑で、根の深さを音乃は肌で感じ取っていた。

「……どこから手をつけたらよいのか？」

江戸での探索は、限られているというよりも、手がかりすらない。丈一郎がもたらす報せが待ち焦《こ》がれる。だが、気持ちの中ではじっとしてはいられない。今は、動くことが何よりも音乃にとって気がまぎれる術《すべ》であった。

夕暮れが迫ろうとしているが、霊巌島の家に真っ直ぐ戻る気はしなかった。姑の律には心配をかけさせないよう、遅くなるので先に寝るようにとは告げてある。

本当は、行くあてなどなかった。それでも強《し》いて行くとすれば、呉服橋《ごふくばし》御門に近い辰ノ口《たつのくち》にある評定所か。昼間も行った。しかし、出向いたところで、ただ塀の周りをうろうろするだけであった。呉服橋御門には、北町奉行所もある。しかし、影同心の身では奉行所にはやたらと顔を出せない。御門の手前まできて、音乃は外濠を渡ることなく踵を返した。

やはり戻ろうと、向かうは霊巌島の家であった。日本橋呉服町からひたすら東に向かい、八丁堀を越えて四半刻も歩けば、そこは霊巌島である。

音乃が、日本橋通《とおりみなみ》南町の目抜き通りを過ぎて、平松町《ひらまつ》に入ろうとしたところであった。

「もしや、音乃さんでは……？」

背中から声をかけられ振り向くと、そこに顔を見知る男が立っていた。

「これは、梶村様のところの……」

梶村が、毎朝出仕につくときの槍持ちで又次郎《またじろう》という男であった。ときどき、巽家にも使いとして顔を見せる。

「これはちょうどよいところで、お会いしました。主が、音乃さんを探しておられました。よろしければ、ご一緒に役宅へお越しいただけませんか？」

そういえば、行く先を告げずに家を出てきた。

「はい。もちろんおうかがいさせていただきます」

「今、身共《みども》は主の用事で、奉行所に行ってきたところです」

「左様でございましたか」

何用でと、訊くのはははばかられるも、梶村が探している理由《わけ》を音乃としては、早く知りたかった。

「間もなく暮六ツとなります。急ぎましょう」

音乃の気持ちを察したように、又次郎のほうから速足で歩き出した。

夕餉を済ませたか、梶村はくつろいだ恰好で部屋に入ってきた。

「日本橋で、ちょうど又次郎と会ったのだってな。よかった、音乃を探しておったところだ。丈一郎は粕壁に行ったと、律どのが言っておったが」

「はい、昼過ぎに発ちました。今夜の泊まりは、草加宿ということで、今ごろは夕餉でも摂られているものと……」

「まだ、粕壁には着いていないというのだな？」

おかしな、梶村の物言いであった。どこか、ほっと安堵したような声音である。だが、梶村の次の言葉はそこには触れない。

「黙って家を出ていたようだが、音乃はどこに行っていたのだ？」

「はい。何か取っ掛かりをと思い、父を捕らえた目付様のところに。ですが、お会いすることもできず、それからは、別の目付の天野様のところに行きまして話をうかがっておりました」

「目付の天野様だと。それで、話をしてくれたか？」

「はい、大変なことを。あまり、公《おおやけ》にできない話でありまして、独り言と言いながらも、語ってくれました。その内容と申しますのは……」

「いや、音乃の口から言わんでもよい。おおよそ、分かっておる。これからは、やたらと他人の前では天野様から聞いた話はするでない」

梶村には、天野の話の中身が分かっているようだ。

「音乃が言わんとしていることを知るのは、わし止まりだ。そうか、天野様から聞いたか。丈一郎は、まだそのことを知らんのだな」

「はい。いささか気になっております」

「まあ、さして心配はいらぬだろうが……ところで音乃は、奥田様がなぜに粕壁に赴《おもむ》いていたのかを知っておるか？」

「いいえ。天野様の、話の中にはございませんでした」

「左様か。やはり、天野様もそこまではご存じなかったようだな。大目付の井上様も、極秘の命《めい》だけは口には出さなかったようだ。だが、それもこれも事態が違ってきた。奥田様への極秘の指図を、お奉行は今日になって初めて井上様から聞いた。それをわしの口から、音乃に伝えたかったのだ」

「父上への指図をですか？」

「左様。それを知らぬと、丈一郎も音乃も何から探ってよいのか分からぬだろうからな。ここに、丈一郎もいてくれたらよかったのだが……」

いく分、憂いのこもる梶村の口調であった。

「まあ、いない者は仕方ないか」

気を取り直して梶村は、語りはじめた。

「ご老中同士の確執はすでに聞いただろうが、こたびの話にはそこに某大名が絡んでいるのだ。何あろう、今朝方見せられたあの書き付けが関わりあった」

「なんですって！」

音乃の驚きは、身分を超えたものとなった。

「ご無礼をいたしました。つい、声音が荒くなり……」

「いや、かまわぬ。音乃の驚く形相、真之介が乗り移った気がしたぞ」

夫真之介が夜盗の凶刃に倒れて、半年が経つ。気持ちの奥にしまっておくも、名を言われたと同時に面影が込み上げてくる。

「すまぬ、思い出させてしまったの」

音乃がふと見せる寂しげな表情に、梶村は詫びを言った。

「いえ、こちらこそ申しわけございません。夫真之介は、わたしの胸の奥で生きているものと思いつつも、どこかで死を拭えない気持ちがあるのかもしれません。まだ、閻魔《えんま》の女房にはなりきってないと、真之介さまに謝らなくては」

「頑《かたく》なな心根であるな」

「それで、書き付けが関わるとおっしゃいますのは……？」

いつまでも、感傷に浸っていても仕方ないと、音乃のほうから話を促した。

「音乃は、書き付けをもっておらんか？」

「はい、写しておいたものをもっております」

懐から取り出し、四つ折りにした書き付けを梶村に向けて広げた。

「やはり、これは大名の参勤交代の日取りであった」

「もしや、白河藩の……？」

「ほう、白河藩との名がよく出たな」

「はい。右側に記してあります道程を辿《たど》っていきましたら、白河宿で行き止まりました。そこまでは、お義父さまと解き明かしました。ですが、やはり参勤交代にしては、行程がゆっくりしすぎているものと……」

「まさに、そこがおかしいと大目付様は目をつけられたのだ。白河からならば、七日で来られるはずが、およそ倍の日数を要しておる。左の日付けからは、八月二日の出立ということになる」

「そうなりますと、十三という数は八月十三日のこと。父上が捕らえられた日となりますでしょうか？」

「そういうことになる。奥田様は、陸奥《むつ》白河藩主阿部正篤《あべまさあつ》様の行列を探っておったのだ」

「白河藩といえば、以前は松平定信様の……？」

「左様、よく存じておるな。今は家督は定永《さだなが》様に譲られ、伊勢《いせ》は桑名《くわな》の藩主になられておる。音乃は、三方国替《さんぽうくにが》えという言葉を知っておるか？」

「なんとなく……」

聞いたことはあるが気にもしておらず、さして詳しくは知らないと音乃は小さく首を傾げた。

「今から二年ほど前の文政五年に、松平定信様が下したとされる幕府の政策の一環だ。ちと、ややこしいがよく聞いておれ。当時、伊勢の桑名藩主であった松平忠尭《ただたか》様が、武蔵の忍《おし》藩に。忍藩主であった、幼少の阿部正権《まさのり》様が、陸奥白河藩主に。そして、松平定永様が、伊勢の桑名藩主に治まったのだ」

「三角の形で、国替えがなされたと？」

「早くいえば、そういうこと。昨年の文政六年に移封がなされた」

「そのお話なら聞いたことがあります。何か、お引越しがかなり大変だったそうで」

「さすが音乃だ、よく存じておるな。引越しの混乱振りはどうでもよいが、ここで大名家同士の確執が生まれた。この移封で貧乏くじを引かされ、一番面白くなく思っていたのが、忍藩の阿部様だ。何せ、百八十年も統治した忍を離れるというのだからな。それと、当時の白河藩は北の要地であったが、貧苦に喘《あえ》いでいた。そこにもってきて、引越しの最中に、三歳にして藩主であった正権様が逝去《せいきょ》なさった。その後は、紀州松平家から養子を取った正篤様が、二十三歳にて家督を相続したのだが……」

同じような名がどんどん出るので、語るほうも話をまとめるのに大変そうだ。だが、ここをうまく整理して聞かないと、話がややこしくなる。音乃は、じっくり耳を傾け、梶村の語りを聞き取った。

「この正篤様というのも、これもまた病弱ときている。これはまずいと、阿部家宗家の備後福知山《びんごふくちやま》藩主である正精《まさきよ》様が後見役につかれた。この正精様は、昨年まで老中であられたお方でな、これが老中水野忠成様と気脈を通じており、やはり拝金主義に志《こころざし》を同じくする幕閣だったのだな」

――正精が後見人で、正篤が藩主。

似た名に戸惑うも、音乃は頭の中に阿部正精と正篤の名だけを叩き込んだ。頭の中を整理するのには、余計な事柄は捨てるのが、肝要だ。

「なんとなく、話がつかめてまいりました。これで、天野様から聞いた話とつながるような気がしてきました」

「奥田様は、探りの中で何かをつかんだようだが、それが相手に露見したのであろう。そのつかんだものというのは、大目付の井上様も知らぬようだ。だが、なんとなくその書き付けの中身に関わっていそうな気がするの」

畳に置かれた書き付けに目を向けながら、音乃は首を傾げている。

「どうかしたか？」

「一つだけ、この書き付けの内容で腑に落ちないことがあります」

「どこだ？」

「十四日の、移動の道程であります。この日、江戸に着いたと思われますが……」

「すでに、それは調べてある。やはり、阿部様の江戸入りは十四日の夕刻であったそうだ」

「案内書と、書き付けには一里以上も誤差がありますが……？」

「ならば、簡単なことだ。五里十八町というのは、阿部氏の江戸屋敷からの距離であろう」

「阿部様の江戸屋敷は、どちらでございますでしょう？」

「馬場先御門《ばばさきごもん》を渡ったお濠《ほり》の中にあると聞いておる。日本橋からは半里ほどであるが……おや、それでも足りんのか？」

ここまで正確に記された、宿場ごとの隔たりである。最後にきて、半里以上の誤差に梶村の首も傾いだ。たった半里の誤差など見過ごそうと思えばそれまでである。だが、梶村と音乃はそこに大きな意味をもつような気にとらわれた。

五

その答を聞くのに一番手っ取り早いのは、書き付けを書いた者である。人の数と、馬の数らしきものが書かれてある。それと、一番下の妙な数字である。それが、阿部家の参勤交代とどこでどう関わりがあるのか。父の奥田義兵衛も、そこを臭いと読んだのか。

——父上は、この書き付けを書いた人物を知っている。

音乃の脳裏をよぎったところで、梶村の声が耳に入った。

「どうやら南町奉行所は、この件から手を引いたとのことだ。稲荷橋から飛び降りた男は自害と処理をされ、身元不明でもって無縁墓地に埋葬されたそうだ」

「となりますと、南町奉行所では事件を手放されたと……」

「そういうことだ。だが、丈一郎が拾った紙入れが自害したとみられる商人のものとしたら、これはれっきとした殺しともいえるのだろうが……」

「さもありましょうが、わたしは別のことも考えておりました」

「ほう、何か違った考えが音乃にあるか？」

「紙入れというより、この書き付けがよほど大事なもので、それを盗まれたのを知って悲観のあまり、やはり覚悟の自害とも……」

「しかし、中身を見た感じ、さほど大事な書き付けとは思えんがな。少なくとも、こんなものが盗まれたくらいで死ぬことはなかろうに」

梶村は首を傾げながら、畳に置かれた書き付けに目を落とした。

見れば見るほど、意味の分からない内容である。覚えようと思えば覚えられるだろうし、この書き付けすら元にあるものを書き写したようにも思える。

「一見は何もないように思えますけど、この中にとんでもない秘密が隠されているやもしれません。そんなことも、調べとうございます」

「……とんでもない秘密か」

梶村は呟くも、書き付けからは何も見えてこない。

「書き付けの中身はともかく、周りにいた連中はみな名月に目を奪われ、川に飛び込む瞬間は誰も見てないというからな。音乃は、どうして覚悟の自害と考えた？」

「お義父《とう》さまの話ですと、ぶつかってきた男が下手人《げしゆにん》と言っておりましたが、いくら大男でも、商人らしき男を欄干から投げ落とせるものでございましょうか。橋の上は、満月の見物客で賑わっていたそうです。そんな中で人を殺すなど、大抵の者でしたら、ためらうほうが先ではございませんか。商人が自ら飛び込んだのを見て、男は逃げ出したのではと」

「なるほど。音乃の話は、一理あるな」

「はい。それでしたら一目散に駆け出し、お義父さまと、ぶつかったのもうなずけます」

「悲観の自害で、間違いがないということか？」

「いえ。もう一つ、違った考えがあります」

「ほう、まだ違った考えがあるというのか……」

「はい。川から飛び降りた男と、お義父さまが拾った紙入れは、まったく関わりがないとも考えられます」

音乃の思考が、二転三転する。

「なんだと？　そうなると、話は振り出しにもどるぞ」

「川に落ちた男と、逃げる男の時がたまたま重なって、事件が結びつくとこちらが勝手に思い込んだということもありえます」

「なるほど。勝手読みというやつだな」

「ところで、腑に落ちないことが一つだけあります」

「腑に落ちないこと……なんだ？」

「南町奉行所のことです。身元知れずの自害ということで処分をなされたとのことですが、そう簡単に引き下がった南町にも、何かを感じないわけにはまいりません」

「そう言われれば、南町の引くのが早すぎる。死んだ男の身元をもっと探ってやらんとな。無宿者なら仕方あらんだろうが、立派な商人風の町人ならば、余計にだ」

「身寄りの方から、行方知れずの探索願いは出ていないのでしょうか？」

「月番は南町なのでなんともいえんが、まだ出てはおらんのだろう。しかし、きのうの今日の処分は早すぎる。早く埋葬したいとはいえ三、四日は待つはずだ。そうなると、南町も絡んでくる……？」

うーむと唸り、梶村は腕を組んだ。

「分かりませんが、そのことも見越して探る必要があるかと。かなり、複雑な様相を呈してきたようでございます」

「今、この書き付けはわがほうの手にある」

「梶村様は、どちらだとお思いになられますか？」

音乃の問いかけに、意味が分からぬと梶山の首が傾いだ。

「どちらだと、言うのは……？」

「南町が、この書き付けの存在を知っているかどうかです」

「なんとも言えぬなあ。もし、知っていれば草の根分けても探し出そうとしているだろが、そうはなっていないな」

「ですが、引くのも早すぎます。あえて有耶無耶《うやむや》にしているような気にもなります。盗人であれば、紙入れは金目《かねめ》と思うでしょうが、中身は紙屑にもならないものです。破るか捨てるかするものと。となれば、奉行所もやたらと騒がないほうが得策と考えたかもしれません」

「だが、どっこい書き付けはこちらにある、か。今さらながら、丈一郎は大変なものを拾ってきおったな。いずれにしても、この紙入れが手がかりになることは間違いないということか」

「やはり、まずは川に落ちた男の身元を……」

かと考えたからだ。

「どうしても、探らんといかんな」

だが、梶村ははたと考えに耽《ふけ》った。南町が手放した事件を、どうやって北町に戻すかと考えたからだ。そこに、音乃からの問いがかかる。

「商人が埋められたお墓は、どちらでございましょうか？」

「どの寺かは聞いておらんが、川向こうの深川の寺のようだ」

「どうにか、そのお寺の名が分かりませんでしょうか？」

「分かってどうする……まさか、音乃は？」

埋葬は、漬物樽を大きくしたような早桶《はやおけ》に入れられての土葬であろう。顔の識別くらいはできるものと、音乃は踏んだ。

「はい。仏様の顔を拝んでみたいと……まだ、顔形ははっきりとなさっていると」

「顔に似合わず、大胆なことを考えるな。おや……？」

音乃の座る姿を見やり、梶村はふと驚く表情となった。

――巽真之介？

まるで生きていたときの真之介が、音乃に乗り移ったような錯覚にとらわれたからだ。

――そうか、二人は一体なのか。真之介の魂が、音乃に宿っているということなのだ。

だと、今にして思える。

　いつぞや真之介が、殺された者の墓を掘り起こして事件を解決したことがあった。梶村は、そのときのことを思い出したのである。

「どうか、なされましたか？」

「いや、なんでもない」

　梶村は、思いとは裏腹な言葉を返した。

「それで、いかがでしょうか？」

　梶村からの答はまだ聞いていない。音乃は、再度問うた。

「寺を知るのはさほど難しいことではない。本所方役人に、それとなく聞けば分かることだからな。こちらで、動こうか？」

「はい。ですが、北町が探っているのが露見なさらぬように……」

「むろん、心得ておる。そんなことは、任せておくがよい。だが、寺を知ったあとだが、それをどうするかだ。音乃としては、仏の顔を確かめたいのであろう？」

「はい。そこから何か手がかりがつかめればと、考えております。寺の名さえ分かれば、あとの手はずはこちらで……」

「それにしても、大そうなことを考えるな」

苦笑う梶村に向けて、音乃は腰を折って深く頭を下げた。

――真之介の仕草とそっくりだ。

「寺の名が分かったら、報せる。だが、探りはくれぐれも気をつけてな」

梶村としては、真之介に任せる心持ちとなった。

とりあえず、稲荷橋から落ちて死んだ男の身元を探ることが先決との思いを抱いて、音乃は梶村の屋敷をあとにした。

暮六ツもとうに過ぎ、あたりは夜と化していた。いく分変形した十六夜《いざよい》の月が、地上を照らす。まだ、名月の名残があった。


家に戻ると、律はまだ起きていた。

「おそくなりまして、申しわけございません」

「与力の梶村様から、お使いの方がみえてましたよ」

「はい。今しがたまで、梶村様のところにいました」

「それなら、よかった。それで、夕餉は……？」

「いえ、まだです。そういえば、お腹が空いてました」

空腹なのも忘れるほど、音乃は事件のことに没頭していた。

「これから、用意しますから、音乃は休んでいなさい」

「いえ、お義母《かあ》さまにしていただいては……」

「とんでもない。これからは、あなたを真之介と思って面倒をみさせていただきます」

「……え？」

律の言っている意味がとらえられず、音乃は聞き返した。

「よろしいのです。音乃の心の中に、はっきりと真之介の魂が宿ったものと私には見て取れました」

このとき音乃は初めて感じることがあった。他人の目にも、真之介が乗り移っているのが見えるのだと。

――もし、わたしだけだったら、お墓を掘り起こしたいなんて絶対に言わない。

真之介さまがそう言わせたのだと、音乃はここにきて得心する思いであった。

「……いつまで経っても、夫唱婦随」

笑みを浮かべながら、音乃の口から呟きが漏れた。

なるべくならば、唐吉と一緒の行動はしたくなかった。

六

翌朝は、越ヶ谷に寄るところがあると言って、丈一郎は先に発った。草加から粕壁までは、四里と二十二町の道程《みちのり》である。明六ツに経てば、昼には充分着く。

八畳間に七人の雑魚《ざこ》寝《ね》は、丈一郎に不眠をもたらせた。寝不足からか、朝から頭の芯が疼《うず》く。薬屋の唐吉に、頭痛に効く薬を所望しようかと思ったがやめた。とくに理由はないのだが、気持ちの奥で不穏を感じたからだ。

丈一郎が粕壁宿に着いたのは、日が真南にある正午ごろであった。

日本橋から、九里と二町。街道沿いには本陣一軒、脇本陣一軒。旅籠四十五軒に問《とい》屋場《やば》が一個所ある。その中に、青屋や薬屋や飲食店など小規模な店が交じって建ち並んでいた。宿場と並行して流れる古利根川《ふるとねがわ》が江戸と交流を盛んにし、物資の集散地としても栄えていた。

「さて、粕壁に来たのはよいが、どこをどう探ろうか？」

独りごちるも、丈一郎には真っ先に思い当たるところがあった。

宿場の中ほどに、問屋場がある。人馬の継立《つぎた》てから、界隈《かいわい》農家から助郷賦課《すけごうふか》を取り仕切るのを主な業務としている。問屋場には、宿場全体を取り締まる『問屋』と呼ばれる頭取《とうどり》がいて、普段は助役《すけやく》である『年寄《としより》』が業務の指揮を執《と》っている。その配下には事務を賄う帳付《ちょうづけ》や、人足や馬の手配を指図する人馬指《じんばさし》という宿場役人がいて、問屋場に詰めていた。

大名の参勤交代の際には、荷物を運搬する人足や馬は宿場ごとで調達する。問屋場にとっては、その手配も重要な任務の一つであった。

問屋場は、道中方の見廻りが必ず立ち寄るところである。

「……そこに行けば、奥田様のことが知れるはず」

南北十町半に亘《わた》る粕壁宿の南端まで来て、丈一郎は問屋場までの道を訊ねた。

「問屋場でしたら、ここから四町ほどのところにありますだ」

すぐに、問屋場の在り処は知れた。

丈一郎は問屋場の前に立ち中をのぞくと、数人の宿場役人が板の間に座り仕事をこなしている。一つ大きく呼吸を吐いて、丈一郎は敷居を跨《また》いだ。

「ごめんくだされ」

誰《だれ》とはなしに向けて、丈一郎は声を板の間に飛ばした。

「どなたかな？」

算盤《そろばん》の手を止め、一番近くにいる役人の顔が丈一郎に向いた。見るからに下っ端そうな役人である。大事なことは訊けない。丈一郎が相手にしたいと思っているのは、問屋場の指揮を執る年寄である。

「こちらに、助役さんはおられますかな？」

「助役とは、お年寄のことか？」

どこに行っても、役人とは高飛車な態度だと丈一郎は思った。心の内は隠して、役人と相対《あいたい》する。

「左様で……」

「お年寄に、なんの用事がある？」

役人の受け答えで、この場に年寄はいないようだ。

「おられましたら、直《じか》にお目にかかりまして話をしたいと……」

そんなやり取りをしているところに、奥から顔を出した男があった。三和土《たたき》に立つ丈一郎に気づいたか、一瞥をくれている。丈一郎も下っ端役人を相手にせず、男に顔を向けた。三十も半ばに差しかかる、四角い顔が印象に残る男であった。

「宍戸《ししど》様……」

役人から、四角い顔の男の名が出た。

「なんだ？」

「この者が、宍戸様にお目にかかりたいと……」

訊かずして、年寄の姓が丈一郎にも知れた。

「拙者にか？」

「はい」

「して、なんの用事で……？」

宍戸の問いが、丈一郎に向けられた。表情は、眉間に皺を寄せ訝しそうである。初体面である丈一郎を警戒するような目つきであった。

「拙者、江戸からまいりました巽丈一郎と申しまする」

正直に、名を名乗る。

「ほう、江戸からか？　それはご苦労なことで。して、拙者に何用かと……」

問われて丈一郎は、いく分のためらいをみせた。奥田義兵衛の名を出してよいものか。義兵衛が捕らえられたのは、問屋場とも関わりがあるはずだ。警戒が先に立つも、そこを押さなくては話が前に進まない。

丈一郎は相手の顔色の変化を見逃すまいと、宍戸の顔を見据えた。そして、問う。

「こちらに幕府道中方の……」

奥田義兵衛と名を出す前に、宍戸が話を遮《さえぎ》った。

「道中方と申せば、奥田様のことであるか？」

応対もよければ、訝しげなところはまったくない。むしろ驚く顔を見せたのは、丈一郎であった。問う前に相手から義兵衛の名が出たからだ。

「左様……」

「奥田様がどうかされたか？」

逆に、宍戸の問いであった。

丈一郎が、小首を傾げながら問い返す。

「先だって、こちらに来られませんでしたか？」

「いや。ここしばらく、粕壁の問屋場には顔を出してないな」

宍戸の表情に、他意はないようだ。顔色一つ変えずの、平然とした応対であった。

「先だってというのは？」

むしろ、宍戸からの問いである。

「この月の十三日、こちらに立ち寄ったものと思えたものでして」

義兵衛が捕らえられたことは、むろん隠して話す。

「十三日ならば、問屋場はそれどころでなかったな。お大名の参勤行列でちょうど忙しく、ここにいる者はみな右往左往していた。むしろ、そんなところに道中方のお偉方が来たとしても相手にするどころではない」

宍戸の口調からでは、奥田義兵衛捕縛の捕り物はなかったようだ。宍戸が惚《とぼ》けているのかと思いきや、そんな様子はない。

話が嚙み合わず、丈一郎が考えているところに宍戸が飛ばす声が聞こえた。

「おい誰か、この十三日に道中方の奥田様を見た者はいるか？」

配下の役人に向けての問いであった。

「いえ。あの日は参勤行列で慌《あわただ》しく……それと、奥田様が来られたのは、半月ほど前でした」

異口同音の答が、数人の役人から返ってきた。

どうやら義兵衛は、十三日には粕壁宿にはいなかったようだ。

――奥田様は、粕壁で捕らえられたのではなかったのか？

丈一郎は、狐《きつね》につままれたような心持ちとなった。それと、ここにいる役人たちは、義兵衛が捕らえられたことを知らないらしい。

「……ならば、どこで？」

呟きが、丈一郎の口から漏れて出る。

「いかがしたかな?」

宍戸の問いが重なった。

「いっ、いや。ところでつかぬことを訊きますが、先ほどお大名の参勤行列とありましたが、どちらのお殿様で……?」

「陸奥は白河藩の、阿部様のお泊まりであった」

何も怪しむ素振りも見せず、飄々《ひょうひょう》とした宍戸の答であった。

――やはり書き付けは、参勤行列の日程であったか。

丈一郎は、阿部氏の名をここに来て初めて聞いた。だが、丈一郎には阿部氏に絡む、もろもろのしがらみがまだ分からない。


問屋場を出た丈一郎は、その後粕壁宿を二往復ほどしたが、奥田義兵衛のことは聞けずじまいであった。

その夜、丈一郎は粕壁宿でも上の部類に入る旅籠に宿を取ることができた。昨夜は、他人の鼾《いびき》や寝言や歯軋《はぎし》りで一晩中寝つけなかった。今夜は一人部屋である。ぐっすり寝られると、宵五ツ前に床《とこ》をとった。しかし、どうしても義兵衛のことが気にかかりなかなか寝つくことができない。

「……いったいどういうことだ？」

蒲団《ふとん》の上で横になり、この日のことを振り返ってみた。

「粕壁宿ではなかったのか？」

自問はみな独り言である。

「ならば、どこで？　その先は杉戸宿である。いや、もしも阿部様の行列を奥田様が追っていたとしたら、粕壁ではなく幸手宿で捕縛されたのか？」

ぶつぶつと、一人問答で丈一郎は頭を振った。

「いや、幸手宿ではなかろう。翌日には、江戸に連れてこられたというし移動に無理がある。ならば、粕壁宿手前の草加宿か越ヶ谷宿で……？」

一泊した草加宿では、そんな捕り物があった気配はまったく感じられなかった。越ヶ谷宿は、急ぎ足で通り過ぎたので意にも止めなかった。

「いったいどこで捕らえられたのだ？　なぜにその場所が粕壁宿とされている？」

考えれば考えるほど、思考がぼんやりとしてくる。

薄く灯《とも》る行灯《あんどん》の明かりは消さずにいる。ジージーと菜種油《なたねあぶら》の焼ける音が、夜が深まると共に大きく聞こえるようになってきた。

みよう」

「ここであれこれ考えていても仕方あるまい。明日は帰りがてら、それとなく探って

寝つかれずに考えた末の、丈一郎が出した結論であった。

油の焦げる音が睡眠の邪魔をする。部屋は真っ暗になるが、むしろ眠りには塩梅《あんばい》がよい。丈一郎は行灯の明かりを消して、再び蒲団に体を横たえたところであった。

「……ん？」

廊下に面した襖の外に、人の気配を感じる。殺気にも似た息づかいを、丈一郎は感じた。

闇の中、丈一郎は立ち上がり大刀を手にすると、部屋の片隅に身を潜めた。息を殺し、賊の侵入を待つ。

襖が音もなく、ゆっくりと開く。廊下を照らす燭台の明かりが、漏れて入ってきた。

明かりの届かぬ闇の中で、丈一郎は刀の柄《つか》を握りしめた。

物盗りではなさそうだ。明らかに、丈一郎の命を狙う気配だ。だが、丈一郎には殺される覚えはまったくない。あるとすれば、奥田義兵衛のこととの関わりか。しかし、その名を出したのは、粕壁宿の問屋場だけである。

そんなことを考えているうちにも、襖は一尺ほど開いた。部屋の中はぼんやりと明かりをもった。もう少し開けば、部屋の中は闇の場所がなくなる。しかし、それ以上襖が開くことはなかった。

体を横にすれば、楽に通れる隙間である。

横身となって賊が侵入する様が、丈一郎には見えている。

——何奴《なにやつ》？

と思えども、口には出せない。だが、間もなくすれば、相手の素性が分かるというものだ。丈一郎は、それからでも遅くないとさらに息を殺した。

黒の布で覆面をして、その人相は知れない。着ているものも、賊によく見られるような黒装束である。

手にする得物《えもの》は、刀ではない。九寸五分の匕首《あいくち》であった。

薄暗闇の中で、寝床の位置は容易に知れる。脇目も振らず、忍び足で賊は蒲団に近寄ると、ためらうことなく、そして間髪《かんはつ》を容《い》れずに夜具の上から匕首をグサリと突き刺した。

「ん……？」

人を刺す手ごたえがなかったか、賊の首が傾《かし》ぐのが丈一郎には見えた。蒲団をはぐも、そこは無人である。

丈一郎は、賊の仕草の一部始終を目にしていた。義兵衛捕縛と関わりがありそうだ。ここで捕らえれば、事《こと》の真相に辿り着くものと丈一郎は踏んだ。

――絶対に逃がしてはなるまい。

「誰を殺《や》ろうとしている？」

暗闇の中から、丈一郎が声を飛ばした。

賊の、仰天する顔が丈一郎に向いた。しかし、覆面の中にあるので、その様相までは知れない。丈一郎は鞘から刀を抜き、真剣の鋒《きつさき》を賊に向けた。

「なぜに、拙者を闇討ちにしようとする？」

矢継ぎ早に問うも、相手からの返事はない。丈一郎は襖側に体を回し、相手が逃げ出そうとするのを阻止した。出口を塞げばこっちのものと、丈一郎が読んだのが油断であった。

賊は身を翻《ひるがえ》すと、窓側の障子に体当たりをくれた。閉まった雨戸ごとぶち破り、賊は外へと飛び出した。

丈一郎が泊まる部屋は二階にあった。総二階の建屋は屋根も庇《ひさし》もなく、真下二間《けん》は街道である。賊はそのまま、地面へと飛び降りた。

月の明かりが、賊の逃げるうしろ姿を照らしていた。飛び降りた際、打ちどころが悪かったか足を引きずっている。

雨戸をぶち破る大音響に、駆けつけてきたのは宿の番頭であった。

「どうかなされまして？」

丈一郎はあれを見ろとばかり、無言で外に顔を向けた。半間の雨戸がなくなり、外の景色が目に入る。

「賊に襲われ、捕らえようとしたがあのざまだ。まんまと逃げられてしまった」

悔しさが丈一郎の口をついた。

七

一夜明け、丈一郎はそのまま江戸へ戻ることにした。

義兵衛のことを探っても、更なる刺客が待ち受けていそうだ。ここは一旦江戸に戻り、考え直すのが上策と考えたからだ。

「音乃も、何か得ておろう」

丈一郎は、老中まで絡む複雑な事情をまだ知らない。

明六ツを待って、丈一郎は宿をあとにした。江戸に向かう一町ほどのところに問屋場があったが、大戸が閉まっている。

街道には早発ちの旅人が、ちらほらと行き交う姿があった。商家の前では、小僧が早起きをして道を掃き清めている。しばらく歩いたところで、

「おや？」

丈一郎が驚きの目を向けたのは、旅人の中に唐吉の姿を見かけたからだ。薬の行商をしていると言っていた。背中には唐草模様の風呂敷に包まれた荷行李があった。

「……あ奴」

唐吉が、いく分足を引きずって歩いている。

「……昨夜、飛び降りたときの怪我か」

偶然にしても、大きな符合である。

「……荷の中は薬でなく、忍び装束でもはいっているのだろう」

丈一郎は気づかれまいと、見失わない程度、間にかなりの隔たりを取った。

やはり、唐吉も江戸に足を向けている。

「やはり、怪しい奴であったか」

賊は唐吉と、丈一郎は決めつけた。

「しかし、いったい誰の差し金でおれを襲った？」

捕らえていれば、その謎もすぐに解けたであろう。丈一郎は、逃がしてしまった後悔の念に駆られた。同じ失敗は二度とするまいと、腹に力を込める。

——さてと、どうするか？

ここは二つの選択肢があると、丈一郎は考えた。

一つは、捕らえて口を割らせる——。

「いや、唐吉なんぞどうせ蜥蜴《とかげ》の尻尾《しっぽ》であろう。それと……」

ああいう忍びの者は、命を惜しむことなく仕事をする。事が露見したからには、自らの命を断ち切る覚悟をもっている。間違っても、殺したくはなかった。

丈一郎は、脳裏に二つ目の選択肢を思い浮かべた。

「捕らえるよりも、ここは尾《つ》けて……」

相手の行く先をたしかめようと、丈一郎は唐吉の尾行を決め込んだ。

江戸までの隔たりはかなりある。はたして、九里の道を追いきれるであろうか。一抹の不安はあるものの、幸い相手は足を痛めて歩みは遅そうだ。

「……そうそう速足で歩くことはできまい」

尾けているのが露見しないよう、間を開けて歩くこともできる。もとより、相手を尾けるのは得意である。尾行がしやすいと、丈一郎はほくそ笑んだ。

越ヶ谷宿まで、およそ二里の道を、二刻ほどをかけ唐吉は歩いた。

気持ちは急いでいるようだが、足がいうことを利かなそうだ。すでにお天道様《てんとう》は南東の空に昇りきり、刻限は昼《ひる》四ツになろうとしている。このまま行けば、千住には暮《くれ》六ツ近くになってしまう。いや、千住まで辿り着けるかどうか、唐吉の様子を見ていると、それもままならぬようだ。

唐吉との隔たりは、一町ほど取っている。それだけ離れると面相はぼやけ、姿だけしか目にすることができない。だが、それほど間合いを取らないと、相手に気づかれる恐れもある。それと、どこに仲間が潜んでいるか知れない。丈一郎は、必要以上に用心して唐吉を追った。

越ヶ谷宿を通り越し、蒲生《がもう》村へと差しかかる。街道の両側は、開墾されたばかりの畑が広がっている。農民が中腰になって、青物の作づけをしている姿が見受けられた。

無理をして歩くか、怪我の状態がかなり悪化しているようだ。休みがちにもなってきている。十町ほど歩き、一休みする。あとを追う丈一郎も、それに倣《なら》った。

「……これならば、むしろ捕まえて口を割らせたほうが得策か」

今夜中に江戸には着けそうもないと、丈一郎は考えを覆《くつがえ》すことにした。しばし休んで、唐吉が動き出す。丈一郎は、ここで唐吉を捕らえようと足を急がせることにした。

蒲生村の民家が数軒、街道脇に建ち並び、その中に一軒の茶屋があった。唐吉は、茶屋に目をくれることなく前を通り過ぎ、十間ほど行ったところであった。

茶屋から出てきた二人の侍が、丈一郎の目に映った。まだ遠目にあったものの、丈一郎はその侍たちに不穏な気配があるのを感じ取った。

旅用の野袴を穿き、小袖の上に羽織を被《かぶ》せ打飼《うちかい》を背負っている。遠くではない近在への旅装束に身を包む、丈一郎と似通った恰好であった。

丈一郎が訝《いぶか》しく思ったのは、刀に柄袋を被せていないからだ。それは、街道の茶屋で誰かを待ち伏せしていたようにも受け取れる。

網代笠《あじろがさ》を目深《まぶか》に被り、唐吉のすぐうしろについている。

「……誰かとは、唐吉か？」

丈一郎は呟くと同時に、侍二人の背中がやけに大きく見える錯覚にとらわれた。

やがて畑が途絶え、街道の両側が樹木に覆われる、雑木林の様相となってきた。

ふと、侍の一人が振り返った。丈一郎は咄嗟《とっさ》に木陰に隠れ、相手の視線を躱《かわ》した。あたりを見渡し、誰もいないのをたしかめているようだ。日光道中とはいえ、二六時中賑わう道ではない。旅人の行き交いも途絶えたところであった。

「唐吉……」

侍の一人が、すぐ前を行く唐吉に小声で話しかけた。

「はい」

「うしろは振り向くな」

唐吉は一度も振り向くことはなかったが、尾ける侍二人のことは知っているようだ。

「すぐ先に、小道があるな」

雑木林の中に、街道から逸れる小道があった。

「はい」

「その小道に入れ」

言われたまま、唐吉は直角に向きを変えると小道へと足を踏み入れた。三間ほど間を取っていた侍たちも、唐吉のあとにつづいた。

獣道《けものみち》のような細い道を入っていく。滅多というか、ほとんど人が通らぬような道である。奥はさらに鬱蒼と樹木が生い茂っている。その先は、行き止まりの様相である。

　街道から一町ほどのところに、樹木が生えていない六坪ほどの空き地があった。

「止まれ」

　言われて初めて、唐吉はうしろを振り向いた。腰を折って辞儀をするところは、唐吉を指図する上役にも見える。

「その足は、どうした？」

「はい……」

　返事はするものの、その先の答が出ない。口ごもる唐吉に、侍の一人が問う。

「もしや、仕留めそこなったか？」

「奥田のことを探っているようだったら、ひと思いに殺せと命じただろうが」

　唐吉を責めるように、もう一人が言葉を重ねた。

「………」

「なぜに、返事をせぬ？」

　侍の問いに答える代わり、唐吉の顔に不敵な笑いが浮かんでいる。

「何がおかしいのだ？」

「いや、申しわけございません。あの巽丈一郎という男を殺すより、もっとよき策を考えつきました」

「よき策だと？」

「この足の怪我も、巽丈一郎を誘き出すためにあえて負ったものであります。そこで時田《ときた》様に今村《いまむら》様……」

「どういうことだ、早く話せ」

時田と言われた侍がせっつく。

「振り向かずに、話を聞いてください」

「なんなりと、話せ」

「自分の一町ほどうしろを、巽が追ってきています。おそらく、この小道のどこかの木に隠れ、こちらの様子をうかがっておりましょう。振り向かんでください、今村様……」

今村が首を捻ろうとするのを、唐吉は咄嗟に止めた。

「近くにはおらんので、声は届きません。ですが、小声で……」

唐吉の顔は、丈一郎を惑わすように、困惑した苦渋の表情を装っている。

「なんと、唐吉には分かっておったのか？　巽が尾けているということを」

「はい。ですから時田様たちと落ち合うところまで、巽を誘き出すためと……」

「あい分かった。ならば、どうする？」

「あの者をここで討ち取りましょう。時田様は、仕留めるにちょうどよい小道を探してくれました」

「ならば、いかにして仕留める？」

時田が問うた。

「そこで、考えついた策であります」

さらに小声となって、唐吉は策を語った。

「なるほどのう。同じ殺すでもそういうことか。さすが、黒鍬衆の手練といわれた男だけのことはあるな。突拍子《とっぴょうし》もないことを考えおるわ。到底わしらには、思いつかん」

時田が浮かべる苦笑いは、丈一郎には届いていない。

三人が立つ空き地から、二十間ほど離れた木陰に隠れ、丈一郎が三人の様子を探っている。

そこからなら直線で、空き地の様子がよくとらえられている。

自分には気づいていないようだと、丈一郎としては安堵の心持ちであった。

「あ奴ら、いったい何者？　なぜにおれを殺そうとした？」

道中、ずっと丈一郎が抱いていた疑問であった。すると、空き地に立つ三人の様子に変化があった。

二人の侍が刀を抜いて、今にも唐吉に斬りかからんとしている。

「……あの侍たち、唐吉の仲間ではなく物盗りか？」

目を凝らし、丈一郎が呟く。

腰を抜かし、地べたに尻をつけて唐吉が命乞いをしているようだ。かまわず一人が大刀を袈裟懸けで振り下ろした。

もう一人の侍が陰になり、唐吉が斬られた瞬間が丈一郎には目に入らない。丈一郎の視野に唐吉が見えたときは、すでに地面にうつ伏している姿であった。

刀を鞘にしまい、二人の侍が駆け足でこちらに向かってくる。人を殺したうしろめたさが逃げ足となって、気を急かさせているようだ。

丈一郎はさらに木陰に身を隠し、二人が通り過ぎるのを待った。侍たちのうしろ姿が消えたところで、丈一郎は小道に出ると唐吉のもとへと駆け寄った。

地面にうつ伏せになって、唐吉が蠢《うごめ》いている。呻き声が、丈一郎の耳に入った。

「……まだ、死んではいないようだな」

唐吉の息のあるうちに、丈一郎は訊きたいことがあった。

「おい、しっかりしろ」

駆けつけた丈一郎は、唐吉の背中に向けて声を投げた。

「ううーっ」

唐吉の口から出るのは、苦しげな声である。丈一郎は腰を下ろすと、唐吉の背中から荷を降ろし両肩に手をそえた。

「おい、あ奴らは誰なんだ？」

商人風の髷《まげ》に結《ゆ》われた頭が、小さく左右に振れた。

「誰だか、分からんということはなかろう」

両肩を揺するも、唐吉の答はない。相当な深手のようだ。無理はさせまいと、丈一郎は問い質すのをあきらめ立ち上がろうとしたときであった。

「おや？」

丈一郎はあることに気づき、小首を傾げた。

「……唐吉の体から血が出ていない」

呟いたと同時であった。

いきなり唐吉が上半身を起こし、振り向いたのには丈一郎も驚いた。

「あっしは斬られてなんぞいませんぜ」

ほくそ笑む、唐吉の顔が丈一郎に向いた。不敵な笑いであった。

「きのうはしくじりやしたが、今日はそうはいかねえ。巽丈一郎さんの命はいただきやすぜ」

商人とは、まったく違った唐吉の口調となった。

「なぜに、おれを殺そうと……？」

丈一郎が、唐吉に向けて問うた。

「北町の犬であろう？」

答があったのは、丈一郎の背中からである。振り向くと、侍二人が立っている。丈一郎には、見覚えがない男たちであった。

北町の犬と言われたのは心外であったが、どうやら丈一郎の素性は知られているようだ。

――なぜに北町の同心であると知っているのであろう？

罠に嵌《はま》った危機にもかかわらず、そんな疑問が丈一郎の脳裏をかけ巡った。

「そんな不思議な顔をせんでも、こっちはみんな調べ済みだ」

「まんまと、仕掛けに嵌ってくれたな」

時田のあとを、今村が言葉にした。

「すまぬが、巽殿にはここで命を落としていただく」

言いながら時田が、段平《だんびら》を抜いた。今村も併せて刀を抜く。唐吉は、懐にしまってある九寸五分の刃を鞘から抜いた。腰に匕首の柄をあてがい、一気に突こうとの構えである。

丈一郎は、獣道《けものみち》にできたわずかの空き地で三人を相手にすることとなった。

一人は上段に構え、もう一人は正眼に刀を構えている。二人とも鋒《きつさき》が揺れている。それが震えからくるものか、流派なのかは分からない。唐吉は匕首を腰に当て、一気に突く構えをとっている。

――三人とも、手練のようだがどこかおかしい。わざと構えに隙を作っているようだ。

丈一郎は、正眼の構えをとりながら小首を傾げた。相手を殺してはならずと物打《ものうち》を返し、棟で打つつもりであった。

丈一郎の命を取ろうとしているのに、一向にかかってくる気配がない。このままでは埒《らち》が明かぬと、丈一郎から攻撃を仕掛けることにした。

正眼で構える時田の物打を打ち払い、棟を胴に当てた。

──おかしい。抗《あらが》う姿勢がまったくない。

思うまま、丈一郎は返す刀で今村を襲う。今村も然《しか》りであった。刀を合わせることなく、丈一郎の棟は脇腹を打ち抜く。

そのとき、唐吉の匕首が丈一郎の背後を襲った。だが、その攻撃も鋭さがない。難なく躱し、丈一郎の刀が唐吉の手首をとらえた。

三人とも、地べたにうずくまる。

丈一郎は、問い質《ただ》そうとまずは唐吉の肩に手を当てた。しかし、がっくりとうな垂れ、返事がない。

「おや？」

口から血を吐き、唐吉がこと切れている。時田、今村も唐吉と同様に死を選んだようだ。

「舌を嚙み切ったか」

丈一郎は三人の屍《しかばね》に向けて念仏を唱えると、獣道をあとにして街道へと出た。

「……死なせたくはなかったが、仕方なかった」

できれば生かして真相を聞き出したかった。そのために、命に支障がおよばぬよう刀の棟で打ったのだが、相手の覚悟には負けた。

素性を語らせようとしたものの、聞き出す前に三人そろって舌を嚙んだ。その壮絶な死は、忍びの者だからなせるものだと丈一郎には思えた。だが、相手が無気力だったのには疑念が残る。

謎はますます深まるばかりだと、丈一郎は現場をそのままにして江戸へと足を向けた。

第三章　赤蝮の効用

一

丈一郎が霊巌島に戻ったのは、夜の支配が漂う暮《くれ》六ツ過ぎとなっていた。

「……音乃も、首を長くして待っているはずだ」

粕壁宿と蒲生村で起きたことを、音乃に真っ先に伝えてやりたく丈一郎は急いだが、寄る年波には九里の行程はつらいものがあった。それでも、千住から隅田川を舟で下ったのが効を奏し、その日のうちに帰ることができた。

「今戻ったぞ！」

遣戸を開けて、家の中に声を飛ばす。

「はーい」

奥のほうから、律の声が返った。

「お帰りなさいませ。長旅ご苦労さまでございました」

出迎えたのは、律一人であった。

「音乃はどうした？」

「はい、四半刻ほど前に出かけて行きました」

「どこへ？」

「行き先は告げずに。なんですか、凄い恰好をしておりましたが……」

「なんだ、凄い恰好とは？」

「着古しの小袖に、継《つ》ぎ接《は》ぎのあたったたっつけ袴など穿《は》いて。いつもの音乃とは違って、それは貧相な恰好で出かけていきました」

「なんだと？」

音乃の真意が計りかねて、丈一郎は大きく首を捻った。

「なぜにそんな恰好を？」

「なんですか、汚れてもよいものをと……」

「汚れても、よいもの？」

丈一郎は、音乃がどこかの屋敷に潜入するものと取った。縁の下か天井裏に潜み、相手を探るとしたらこの二日の間に、相当進展したものと思える。蒲生の忍びの者たちといい、真相の暴きはすぐそこまできているものと丈一郎は踏んだ。

ここは黙って、音乃の帰りを待つ以外にない。

「……それにしても、どこの屋敷を探っている?」

「あなた、何かおっしゃいました?」

廊下を歩きながらの呟きが、うしろにつく律の耳に入った。しかし、意味まではとらえられてはいない。

「そうそう、あなた……」

背中越しに、律の声がかかった。

「どうした?」

「音乃ったら、妙なことを訊きますのよ」

「何を訊いた?」

「この家に、鍬《くわ》はございませんかって……」

「鍬だと。穴を掘ったり、畑を耕すあれか?」

「ええ。家にないことを知っていて、妙なことを訊くと思いました」

律の答に、丈一郎は部屋に戻っても考えている。

「……なぜに鍬など必要なのだ？」

旅装束の着替えもせずに、丈一郎は考えに耽《ふけ》った。

――そんなものをもって、屋敷の潜入はあるまい。いったい、何を意味している？

よもや、これは音乃が律の口を通して、丈一郎に告げるための符丁《ふちょう》ではあるまいか。

律には隠しておきたいことなのであろう。

丈一郎は、さらに深く音乃の心根を解いた。

――鍬と言っただけで、わしが気づいてくれるものと……？

丈一郎の思考が巡る。

――よもや、これから畑を耕すのではあるまい。ならば、穴を掘るってことか？

そこに、律の言葉が耳に入る。

「なんですか、このごろ音乃の表情を見ていますと、真之介が乗り移ったような錯覚にとらわれることがあります。今さっきも眉毛を吊り上げた形相は、真之介が怒ったときとそっくり……」

「真之介だと？」

「はい。あなたは、そんな風に感じませんですか？」

「いや、とりたててそうは思わんかったが……」

「きょうは、ことさらそうに感じました」

唇を嚙みしめ、丈一郎は音乃の気持ちを読んだ。

さして、ときはかからなかった。

「まさか?」

くつろぐ姿に変えなくてよかった。

丈一郎は立ち上がると、刀架にかけた大刀を再び手にした。

「出かける」

「どちらに……?」

「いや、分からん」

「行き先も分からないのに、出かけるのですか?」

「とりあえず、梶村様のところに行く。おそらく与力様なら、音乃の行き先をご存じかもしれん」

丈一郎の脳裏には、ある筋が浮かんでいた。

——墓か。

ずっと以前、真之介が墓を暴いて事件を解決したことを丈一郎は思い出していた。

しかし、律にはそれは言えない。

——最近死んだ者といえば……？

「……そうか、稲荷橋から落ちた男の身元を暴きに？　そうとしか、考えられん」

丈一郎の、勘働きであった。

「……律、留守を頼む」

一刻も争うように、丈一郎は家をあとにした。


まだ門を閉める時限ではない。

梶村の屋敷の脇門を開けると、すぐに顔見知りの家来である又次郎がやってきた。

「主は戻っております」

「梶村様に、火急の用と……」

「すぐに伝えますので、玄関先でお待ちを」

言うが早いか、又次郎は母家へと駆け込んで行った。すぐに戻り、梶村の部屋へと案内をする。

挨拶もそこそこ、向かい合う。

「今しがた、粕壁より戻ってまいりました」

「何か、分かったことがあったか？」

「はい。いろいろと話したいことはございますが……」

道中で起きた一連の事を告げようとしたものの、この場では思いとどまった。

「その前に、音乃の今いる行き先を知りたくありまして。家内が申すには、汚れてもいいような襤褸《ぼろ》を着込み出かけて行ったとのこと。鍬を欲しがっていた様子は、穴を掘りにでももと。もしや、墓を掘り起こしに出かけたのではないかと……梶村様はご存じかと思い、うかがった次第です」

「なるほど、よい勘であるな。今ごろは深川は熊井《くまい》町の正源寺《しょうげんじ》で、墓を暴いているところであろう。源三に手伝ってもらうと言っておった」

「して、誰の墓を……？」

「稲荷橋から飛び込んだ男の身元を探りにだ」

「やはり！」

自分の勘に間違いはなかったと、丈一郎は思わず声を張り上げた。そして、すぐに腰を浮かす。

「これからその寺にまいりとう……」

「粕壁宿でのことは？」

「明朝おうかがいしても、よろしいでしょうか？　真っ先に告げたいこともございますが、音乃が自分を呼んでいるような気がしております。すぐにでも、行ってやりませんと」

「分かった、そうしてやれ。ならば、明朝は明《あけ》六ツまでに来られたし」

「かしこまりました」

丈一郎は立ち上がると、梶村の屋敷から脱兎のごとく駆け出していった。


昼間、梶村からの伝言が来て、音乃のもとに書き付けを置いていった。

稲荷橋から落ちた男の葬られている寺が、判明したと書かれてあった。墓を掘り起こすのは昼間は叶わぬ。音乃は、日が暮れた夜を待って正源寺に赴《おもむ》くことにしていた。

手伝いは、源三一人である。

「――音乃さんも、凄いことを試みますね」

呆れ返った源三の物言いであったが、快く引き受けてくれた。鍬も二本、源三が用立てをして、暮六ツ前に落ち合った。

丈一郎が霊巌島川口町の家に戻ったころ、音乃は正源寺の住職に頼みこんでいた。

「先だって無縁仏として埋められた商人風の男のお墓は、どちらにございましょう？」

「それというのは、先日、南町奉行所から送られてきた、無縁仏のことでありますかな?」

「はい、その骸《むくろ》に間違いないと」

「もしや、身寄りのお方で?」

「いえ。その仏さまとは、一面識もございません」

「ならばなぜ?」

「早桶の中を調べとう存じまして、うかがいました」

「なんと。お嬢さまが……?」

住職は絶句して、その先の言葉が出てこない。

「娘ではありませぬ。理由《わけ》は申しわけございませんが、語ることはできません。むろん、南町奉行所には内密でございます」

「しかし、墓を掘り起こすなどと……」

許すことはできないと、住職は大きく頭《かぶり》を振った。

「ある事件に、その男は関わっております。それと、身元が不明な者ではありません」

「身元不明者ではないと……?」

「はい。たいして調べもせずに、ここに無縁仏として葬られました。ですからもっと調べて、家に帰してあげたいと」

「なぜに、そこまでして？」

「どうしても、仏さまの身元を知りたいのです。ご遺体を見れば、なんらかのことが分かる気がいたしましまして」

「顔からは、分からんと思うがの」

「何か変わった体の特徴が分かればと……」

「埋める前に遺体を見たが、なんの変哲もなかった。もっとも、一目だけでしたがな。小柄な男であったが、着ているものからして、商人であることは間違いないでしょう。それでも、掘り起こしますかな？」

「はい。この目で直《じか》に……」

「そこまで、言われるか」

とても容姿からは想像もできないほどの音乃の受け答えに、住職の気持ちが動かされたようだ。

ここぞとばかり、音乃はもう一押しする。

「この書状をご覧ください」

音乃が住職に差し出したのは、墓の掘り起こしを許す北町奉行所の墨付きであった。

「せっかくですが、これはお役に立ちません。ここは寺なので、北町のお奉行様のお触れでもお断りすることができます。寺社奉行のご許可でしたら、お申し出も叶うのですが。残念ながら……」

伝家の宝刀を抜いたものの、あえなく躱されてしまう。住職の返しに、音乃はいく分の怯《ひる》みをもった。だが、ここまで来てあきらめるわけにはいかない。

「葬られたお方の身元だけでなく、この事件には人一人の命がかかっているのです。無理を承知でどうか、お願いします」

音乃は深く腰を折り、源三も併せて住職に嘆願をする。

「人一人の命となる。それは、どなたでござる？」

「わたくしの、実の父でございます。無実の罪で捕らえられ、評定所において、数日後には断罪と決まっております。父の無実は、埋められた男が明かしてくれるのではないかと」

「……墓を暴いてまで、父親を救いたいと。なかなかできんことだ」

目を瞑りながら、住職が呟く。あまりの小声なので、音乃と源三の耳には入らない。音乃の脇に座る、源三の足元には鍬が二本置かれている。閉じていた住職の目が開くと、それに向いた。

「そんなものでは、墓は掘れませんぞ」

「えっ？」

住職の意外な物言いに、音乃と源三は顔を見合わせた。

「寺男がまだ起きているはずだ。その者に掘らせましょう」

「それでは、ご住職……」

「身元が分かりそうな無縁仏を、そのままにはしてはおけんでしょう。ご家族のもとに帰してやらんと」

ようやく住職の許しを得て、男の墓は掘り返されることとなった。

二

寺男二人が、鋤《すき》と鍬を担いで庫裏《くり》へとやってきた。

「二日前に葬った、無縁仏の墓ですな？」

「ああ、そうだ。このお方たちに、早桶の中を見せてさしあげなさい」

「へい、かしこまりました」

「お休みのところ、申しわけございません」

住職と寺男たちのやり取りに向け、音乃は深く頭を下げた。

「いいってことよ。だが、骸を見ても、卒倒しねえでくだせえよ」

「はい、大丈夫です。ご心配なさらず……」

「それにしても、度胸がおありのお嬢さんだ」

寺男の一言があってから、銘々が手ぶら提灯をもち墓場へと向かった。

墓地の片隅に、無縁仏を葬る一角がある。その一帯には墓石もなく、卒塔婆《そとうば》すらも立っていない、殺風景な、空き地とも見える一帯であった。

南無阿弥陀仏《なむあみだぶつ》とだけ表面に書かれた、木柱の墓標が一本立っている。真新しくできた、無縁仏の墓である。

「あそこでございます」

寺男の一人が言った。

「足元に気をつけてください」

もう一人の寺男が言う。

更地の地面に何を気遣うことがあると、音乃は首を傾げた。

「墓の穴に、落っこちるからですよ」

源三が、注意を促した。墓場のあちこちに、穴が空いているところがある。早桶が朽ち果て、そこが陥没したからだ。

「まるで、落とし穴みたいですね」

「ええ、落とし穴そのものです。ですから、音乃さんも気をつけて……」

「おっと、危ない」

源三が言うそばから、音乃の足が落とし穴を踏んだようだ。崩れかける既《すんで》で、音乃は咄嗟に足を引いた。たっつけ袴が身を軽くしていた。


立っている墓標を抜いて、寺男たちが穴を掘りはじめた。

四半刻ほどして、深さ三尺ほどの穴が掘られた。

「蓋《ふた》が見えた」

寺男の声に、音乃と源三がゴクリと生唾を呑んだ。

きれいに、丸い早桶の形どおりに土はどかされる。十字にかけられた縄を解けば、蓋が開けられる。

宵五ツにもなろうか、夜の暗さはさらに増している。

この日は曇天である。本来なら明るく照らす月も雲に隠れ、提灯で照らされたところ以外は漆黒の闇に包まれていた。

「あそこか。どうやら、間に合ったようだな」

急ぎ正源寺に駆けつけた、丈一郎の息は上がっていた。

ぼんやりと、墓場の中に浮かぶ提灯の明かりを目にし、ほっと安堵の息を吐いた。

明かりを目当てに、丈一郎は再び歩き出した。手にする提灯で足元を照らし、陰鬱《いんうつ》とした墓場の中に足を踏み入れる。

「……何もなければ、夜更けの晩には来たくないところだな」

改めて、音乃の気丈を思い知った。

穴を掘る寺男たちを、音乃と源三が見つめている。その姿が、丈一郎の目に入った。寺男の『――蓋が見えた』という声を耳にする。丈一郎は、いち早く近づこうとさらに足を急がせた。音乃たちは墓穴に目がいき、丈一郎には気づいていない。その隔たりが、五間ほどに迫ったところであった。

「紐を解きました。蓋を開けますぜ」

寺男の声に、音乃と源三は穴に近寄り、まだ開かぬ蓋を目にしたそのときであった。

ドサッとうしろから音がしたと同時に「うわっ」と、驚声が耳に入り四人の顔がそこ一点に向いた。

「何ごとなの？」

驚いたのは、音乃も同じである。

真っ先に音乃と源三が近づき、空いた穴の中へと目を向ける。

「お義父さま……」

すでに白骨化した遺体を腰に敷き、丈一郎が照れ笑いともつかぬなんとも複雑な表情を向けている。

夜中に墓を暴く。この鬼気迫る光景を打ち破り、その場を滑稽《こっけい》な舞台に変えたのは、丈一郎が嵌《はま》った落とし穴であった。


丈一郎を落とし穴から救い出し、掘られた穴の前に立った。

「よく、ここがお分かりになりました」

「ああ。どういうわけか勘が働いてな、この寺の名は、梶村様から聞いた。わしも、粕壁から戻ったばかりでな……それにしても、大胆なことを音乃はするな」

まだ新しい早桶の蓋を目にしながら、丈一郎は音乃の問いを返した。

「さあ、開けますぜ」

寺男の声で穴に近づき、三人でもつ提灯の明かりが差し向けられた。

蓋があき、悪臭があたりに漂った。

「うっぷ」

袂で鼻を塞ぎ、音乃は気丈にも穴の中に目を向けた。

屍は座禅を組まされ、顔が下を向いて硬直している。目に入る姿は、うなじから背中である。着姿は紬《つむぎ》織りの上等な小袖に、色を合わせた羽織を着込んでいる。

「……見るからに、商人のようだな」

一目見て、丈一郎は感想を漏らした。

「大店《おおだな》の主人か、すくなくとも番頭に見えます」

骸が着ているものから、すぐさま判断ができる。丈一郎の呟く声に、音乃が応じた。

「ならば、そんなに早く無縁仏にすることはありませんでしょう」

南町奉行所の沙汰は早すぎると、音乃は臍《ほぞ》を嚙む思いで言った。

「ああ、まったくだ」

丈一郎が返したそのとき、

「旦那……」

何かに気づいたか、源三の声がかかった。

「どうした源三？」

「この男の背中に、大きな傷痕がありますぜ」

源三が鍬の柄を手繰《たぐ》り、骸の着物を剝《は》いでいる。

うつむく骸の、襟《えり》がめくられている。さらに骸の背中を剝ぐと、肩から背中にかけ、紫色の肌があらわとなった。

背中に、刀で斬られたような傷痕がある。

渡世人が喧嘩《でいり》でもって、斬られたような浅い傷である。

「長脇差《ながどす》で斬られたような、古い傷痕だな。この男、元はやくざだったのか？」

得物は、鋒《きつさき》の形であるふくらが小さい長脇差と、丈一郎には判断ができた。武士がもつ大刀で斬れば、もっと深手になっているはずだ。このような傷を、丈一郎は飽きるほど見てきている。

「やくざとおっしゃいましたか？」

だが、骸はやくざの形《なり》ではない。そこが、音乃には不思議に思えた。

「ああ。この男、あまり素性はよくなさそうだ」

音乃の問いに、丈一郎が答えたところであった。

「旦那、こいつは……？」

源三が、骸の左手の袖をめくっている。肘《ひじ》の下に、二本の入墨《いれずみ》が彫られてあるのが見えた。

「前のある男か」

形《なり》は商人でも、無頼《ぶらい》の臭いが漂っている。

「ほかに特徴はないかしら？」

音乃が、源三に問うた。

「ありますぜ。この男、蛇《へび》の紋々を背負ってやがる」

とうとう源三は、骸の上半身を裸にしていた。

「蛇の……？」

「ああ、ご覧なさい。腰のあたりで、蝮が鎌首をもち上げてますぜ」

恐る恐る、音乃は目を向ける。

「こんなものを彫ってちゃ、相当な野郎ですぜ」

「これじゃ、即刻無縁仏にされるのも無理はないな。無宿者と、町方はとらえたのだろう」

南町奉行所の遺体の処理に、丈一郎は得心する思いであった。

「どうだ、音乃。これでもこの男の身元を探すか？」

丈一郎の問いが、音乃に向けられた。

「はい。ここまできたら、納得いくまで」

音乃の眉根が吊り上がっている。丈一郎はそれ以上音乃に対して言えなくなった。元は無頼であった男が、今は商人に身を変えている。音乃は、身元を探る大きな手がかりを得た思いとなった。しかし、それが奥田義兵衛に関わりがあるかどうかは、まったくの不明である。

三

墓を元通りにして、三人が正源寺を出たときは宵の五ツを過ぎたころであった。

「腹が減ったな」

旅から戻って、何も食していないのを丈一郎は思い出した。

「音乃と源三は、腹が減ってないか？」

「はい。わたしも夕ごはんはまだです。源三さんは？」

「あっしは夕飯を食ってる途中で、音乃さんに連れ出されました。そんなんで……」

「だったら、何か食べていこう。深川には旨い料理屋がたくさんあるからな」

「よく、あんな骸を見たあとで食べられますこと」

「音乃は慣れておらんだろうが、わしらはなんとも思わん。いちいち気にしてたら、とても町方などやっておれん。もっと酷いのを、さんざっぱら見てきたからな。なあ、源三」

「へえ、まったくで」

今しがたまで、醜い骸を見てきたことなどすでに頭の中にない。

永代橋を渡って、霊巌島に戻ろうと深川の町を三人は横並びとなって歩いた。

歩くうち、まだ暖簾《のれん》のかかっている料理屋の前に差しかかった。『鰻《うなぎ》 穴子《あなご》の蒲《かば》焼《やき》』と庇《ひさし》の看板に書かれてある。香ばしい蒲焼のたれの匂いが、空腹の鼻をくすぐる。

「ここで、いいではないか」

「おいしそう……」

「たまらねえ、匂いですぜ」

三人の意見が一致し、丈一郎が遣戸を開けた。

客が腰かける長床几《ながしょうぎ》には、誰も座っていない。店の者はおらず、客を迎える体裁《ていさい》ではない。

「どなたかおりませんか？」

音乃が甲高《かんだか》い声を発し、明かりの灯る厨房に声をかけた。

「すいません、もう看板でして……」

声だけが、中からしてくる。

「看板だったら、暖簾をしまってあればいいのにねえ」

飯をありつけない恨めしさが、源三の声音に表れている。

「仕方がない。ほかを探すとするか」

丈一郎があきらめかけたそのとき、厨房から商人風の男が顔を出した。

その顔を、源三が注視している。見覚えのある顔であった。

「あなたさんは、銀鱗堂の……？」

源三が、男に声をかけた。男も源三を見やり、驚く表情を見せた。

「おう、あんたは。あのときの、船頭さん」

「覚えておいでで……？」

「こんなところで会うとは、なんとも奇遇だな」

二人のやり取りを、音乃と丈一郎は不思議そうな顔をして見やっている。

「一昨日《おととい》、旦那を千住に送った帰りしなに乗せたお客さんです」

源三が、丈一郎に言った。

「ほう、そいつはほんとに奇遇だな」

銀鱗堂の主が、風呂敷の包みを手にしている。片方の手には、一升徳利をぶら下げている。

「先だってのあれを、ここで調理してもらってな……」

あれと聞いて、源三が露骨に不快そうな表情を見せた。

「白河藩の殿様に食わせるって、あれですかい？」

源三の問いに、目を見開いて顔を合わせたのは音乃と丈一郎であった。しばらくは、源三と商人の話を聞いていようと無言でうなずき合った。

「ええ。ここは手前の幼馴染《おさななじみ》がやってる店でね、蒲焼といえば深川で一番といわれるほどの、主の腕前だ」

「そんなんで、あれを蒲焼として……」

「明日になったら、殿様に献上しようと……」

「なるほど。秋刀魚《さんま》の蒲焼と偽って……して、その徳利は？」

「言わずと知れた、れいの奴の生き血ですよ。病弱の身には、けっこう効くから殿様に呑んでもらおうと」

「殿様が、うまく食してくれたらありがてえですな。ところであっしらは腹を空かせてるんですが、もう何も作ってはくれんでしょうかね？」

「どうだろう、訊いてみんと分からんな。主に掛け合ってやろうか」

「恩にきやすぜ」

「ちょっと待っててくれ」

一言残し、銀鱗堂の主が厨房の中へと引き返していった。

源三が音乃と丈一郎に向かうと、二人が睨むように見つめている。

「どうしやした？　そんなおっかねえ顔をして……」

「源三さん。今しがた、白河藩て言わなかった？」

「ええ、言いやしたが、それが何か？」

「話を詳しく聞かせてくれない？」

「よろしいですが……」

音乃の剣幕に、まったく事情が分からぬ源三の、腰がいく分引けた。

「白河藩て、お父さまのことと関わりがありそうなの。そんなんで……」

音乃が早口で言ったところに、銀鱗堂の主が戻ってきた。

「れいの奴の余ったところなら、いいってことだが……」

「秋刀魚の蒲焼なら、あっしは……」

源三が、激しく首を振った。

「いや、冗談だ。穴子だったら、すぐに焼くことができるってことだ」

「だったら、ありがてえ……」

ほっと安堵したような、源三の口ぶりであった。

「それでは、手前はこれで……」

「ちょっと、お待ちください」

銀鱗堂を引き止めたのは、音乃であった。

音乃の、燃えるような熱い眼差しに、銀鱗堂の主は硬直したように立ち止まった。

「お話を聞かせていただけませんか？」

「えっ、ええ……」

仕方ないも何もない。音乃に言われるがまま、銀鱗堂の主は承諾をした。

店の奥に座敷がある。そこで二人ずつ向い合って座った。

銀鱗堂の主の分まで、注文を出した。四人の銘々膳が運ばれてくる。載っているのは熱燗の徳利と、穴子の蒲焼であった。

「遅くまで、すまなかったな」

丈一郎が、配膳をする蒲焼屋の主に礼を言った。

「暖簾を出していたこっちがいけねえんです。店は閉めておきますから、どうかゆっくりやっておくんなせえ」

今しがたまで、蝮の調理をしていたとは思えぬほどの、人のよさそうな主であった。

主の許しを得て、気持ちも落ち着く。江戸前の穴子を食しながらの話となった。


源三が、経緯を語った。

「なんですって、蝮を秋刀魚と偽って……」

音乃の、驚く声であった。

「へえ。白河藩の殿様は、大の蛇嫌いだってことで。そんなんで鰻も穴子も駄目だそうで。あっしが秋刀魚の蒲焼を勧めやした」

源三の語りに、音乃の顔が銀鱗堂の主に向いた。そして、畳に手をつくと深く頭を下げた。音乃のいきなりの仕草を、銀鱗堂の主は戸惑いをもったように顔を顰《しか》めて見やっている。

「銀鱗堂のご主人さま。明日は、わたしもご一緒に阿部様のお屋敷に連れていってくださいませ」

「なんですって？」

驚いたのは銀鱗堂だけではない。丈一郎も源三も、驚く顔で頭を下げる音乃のうなじを見やった。

「お願いです。銀鱗堂さんの、お供ということで……」

しばし考えた末、銀鱗堂の主の顔に和《やわ》らぎが見えた。

「頭を上げてくださいな。お嬢さんならば手前も願ったりだ。こんな見目麗《うるわ》しいお方から勧められれば、殿様の食も進むというもの。実は、蝮を秋刀魚と偽るのはどうしても無理があるような気がしてならなかった。どうやって勧めようかと、考えていたところです。だが、お嬢さんから勧めてもらえば、お殿様も無下《むげ》にしないはずです。そうだ、女医者ってのはどうだろう？」

「女医者ですか？」

「ええ。お嬢さんなら、そんな雰囲気もありそうだし」

「はい。一芝居ぶってみます」

「こんな方便《ほうべん》も、滋養をつけなくてはならない殿様の御身を思ってのこと。生き血まで、呑ませられれば……」

「よい手があります。南蛮渡来の『わいん』とかいう呑み物と言って……」

物の本で見たことがある。音乃は、一度も呑んだことのない南蛮渡来の酒の名を口に出した。

「ところで、なぜに音乃さんは白河藩の殿様に取り入りたいと……？」

源三からの問いであった。

「お義父さまが粕壁に出向いたのは、白河藩の参勤交代を探りに……」

「ということは、お父上の奥田様に関わるってことですかい？」

「ええ、そういうこと。ここで、蝮が役に立つとは思いもよりませんでした」

白河藩阿部家の懐に深くに入る、絶好の機会を見い出すことができた。

「それで、明日は……？」

銀鱗堂と、阿部家に赴く段取りを話し合う。

「馬場先御門の江戸屋敷に……？」

「いや、そこに殿様はいません。ご養生のため、中屋敷に住まわれているそうです」

「阿部様の中屋敷は……？」

「馬場先御門から、さらに半里ほど南に行ったところの、芝浜《しばはま》に近いところにあります」

上屋敷から半里先と聞いて、音乃には疑問が一つ解けたような気がした。日本橋から、さらに一里加えた距離と符合する。そのことはおくびにも出さず、銀鱗堂と向かい合った。

「深川からなら、江戸湾をつっきり舟で楽に行けるが、霊巌島からだと、かなり遠いですな」

「いえ、実家からならさほど遠くはございません。して、中屋敷に赴く時限は？」

「明日の朝、五ツと決められている。それまでに、来られますかな？」

「もちろんうかがいます。中屋敷の門前で落ち合うということで、いかがでしょう？」

「かしこまった。町屋娘の形《なり》に白の十徳《じっとく》を纏《まと》えばなおさらありがたい。女医者の触れ込みですからな」

「白の十徳ですか……」

急に言われても、もち合わせはない。どうしようかと考えているところに源三の声がかかった。

「だったら、おっかあの仕事着を着込んだらどうですかい？　髪結いのとき、着物が汚れてはいけねえと、割烹着《かっぽうぎ》みたいなのを身につけてやすから。十徳には見えねえけど、それなりの女医者に誤魔化《ごまか》せるとは思いやすぜ」

それしか方法はないだろうと、音乃はうなずきを見せた。

抜かりなく阿部家に入り込もうと、銀鱗堂との打ち合わせはできた。夜はさらに更け、夜四つに半刻ほどを残すところとなった。

「そろそろ手前は、これで……」

銀鱗堂の主が腰を浮かしかけたところで、音乃が引き止めた。

「ところで銀鱗堂さま。話は違いますが、もう一つだけうかがいたいことが……」

「なんだろうか？」

「銀鱗堂さんは、蛇屋ということでお訊きしたいのですが、腰のあたりに、蝮の彫り物をした男ってご存じありません？」

「蝮の彫り物……？　さあ、刺青《いれずみ》のことは詳しくはありませんが」

言って銀鱗堂は、考える仕草となった。

「ちょっと待てよ、いつぞや蝮を見にきた客が言ってたな」

「どんなことでもよろしいです。思い出してください」

音乃は、一膝乗り出して銀鱗堂を煽《あお》った。

「昔は無頼だった男が性根を入れ替え、今は口入屋《くちいれや》の番頭に納まっているとか言ってましたな」

銀鱗堂の答えに、三人は互いの顔を見回してうなずき合った。

四

鰻屋を出た音乃たち三人は、再び横並びとなって帰路についた。

人通りがまったく途絶えた深川の道に、三人の話し声がつづく。

「本所竪川《ほんじょたてかわ》沿いは松井《まつい》町にある口入屋でしたら、あっしが行って探ってきやしょう」

銀鱗堂から聞き出した口入屋を、源三が探ってくれるという。

明日の朝は、銘々が忙しい。丈一郎は明六ツまでに、梶村の屋敷に赴かなくてはいけない。音乃は、阿部家の中屋敷に出向く。

「ところで、口入屋を探るのはいいですが、さっぱりと要領がつかめやせん」

思い起こせば、源三には事の経緯を話していない。

丈一郎も、粕壁での出来事をまだ語ってはいない。音乃も、丈一郎に知らせたいことがたくさんある。

「今夜は夜更かしになるかもしれんな」

夜なべ覚悟となった。

永代橋から霊巌島に渡り、源三の家から女房の白衣を調達し、三人が川口町の家に着いたのは町木戸が閉まる夜四ツの鐘が鳴る少し前となっていた。

「三人ご一緒だったのですね」

戻ると律が起きていて、戸口先で出迎えた。

「まあ、あなた。お召しものが泥だらけ」

墓の穴に落ちたとは言えない。

「ああ、ちょっとした事件に巻き込まれてな。賊と格闘して召し捕ってやった」

「それは、お手柄で」

「これから三人して話がある。遅くなるから、先に寝ていろ。それから、明日はみな早い。一番鶏《どり》が鳴いたら、起こしてくれ」

「そう言われましたら、とても寝られません。一晩中起きてますわ」

「無理をせんでもいい」

「いいえ、それが私の務めというもの。あなた方だけに、苦労はさせられません。それに先だっては、私が寝込んだために与力様のところに遅れてしまい……」

「もう、そんなことはいい。とにかく朝は頼む」

かしこまりましたと言って、律は自分の部屋へと入っていった。

源三に向けて、大まかな経緯が語られる。

「それで、音乃さんが阿部様の屋敷に乗り込もうと……大胆なことを考えやすねえ。でしたら、口入屋のことは任せておくんなせえ」

「頼むぞ、源三」

「へい、がってんですぜ」

源三の力強い返事があって、次は丈一郎が語る番であった。

「驚くなかれ……」

まずは、問屋場での経緯を語った。

「父上は、そのとき粕壁にはいなかったと？」

「ああ、そういうことだ。そして……」

粕壁の宿で賊に襲われた一件と、蒲生での殺戮を丈一郎は興奮気味に語った。

「大変な目にお遭いに……」

音乃の顔が上気している。すべては昼間、目付の天野と与力の梶村から聞いた話と符合するからだ。

「お義父さまを襲ったのは、まさか黒鍬組……？」

「音乃は、黒鍬組というのを知っておるのか？」

「きのう天野様から、そういう忍びがいるということを聞きました。お義父さまに注意を促す前に、粕壁に向かったものですから」

「素性を知る前に、三人は自ら舌を噛んで果てた。それが黒鍬組であったら、これから音乃も充分気をつけてかからんといかんぞ。何せ、相手はわしのことを知っていた。北町の犬と蔑《さげす》んでいたしな。すでに、音乃のことも感づいているかもしれん」

「今のところ、そのような気配は感じられませんが、これからは分かりません。充分に気をつけて歩くことにします」

「もっとも、よほどのことがなければ相手からは襲ってはこないだろう。危ないのは、相手の域に踏み込んだときだ。明日の阿部様への探りなど、危険この上ない」

「来たら来たときのことです。逆に相手を捕まえて、真相を吐かすこともできましょう。そのくらいの覚悟がございませんと、父上を救うことは叶わないと。孫子《そんし》の兵法に『巧みに敵を誘い出す方法』という一項がございます。わたしが囮《おとり》となって襲ってきたら、まさに飛んで火にいる夏の虫とでも申しましょうか……」

「分かった。それだけの覚悟があれば、わしは何も言わん」

「それよりも、お義父さまのことが気にかかります」

「わしのことで、どこが気になる？」

「蒲生というところで、三人の忍びを殺《や》ったことがあとを引くのではないかと」

「あれは、棟で打っただけだ。命を落としたのは、自害であるぞ。それと、襲ってきたのは相手からだ。自己防衛のために、わしは仕方なく刀を抜いて応じた」

「お義父さまが、無闇《むやみ》に殺しなどしないことは分かっております。ですが、相手はどう取るでしょう。目付配下を殺した下手人《げしゅにん》として罪を擦《なす》りつける……」

「音乃は今、目付配下と言ったな。あの黒鍬組はいったい誰の配下だというのだ？」

丈一郎が、身を乗り出すように問うた。

「話はわたしの番になります。昨日の昼間、わたしは目付の天野様と梶村様のところにうかがい、話を聞いてきました」

四半刻ほどをかけ、天野と梶村から聞いた話を説いた。

「青山様と水野様の、老中同士の確執ってことか？」

「はい。大名家を巻き込み、情勢は真っ二つに割れているとのこと。水野様の金権至上主義に、青山様は異を唱えておられます。賄賂《わいろ》がまかり通る世の中はおかしいと。歪んだご政道を正すために青山様は配下を駆使して、不正を調べあげようと試みておりました。父上の阿部家探索も、その一連の手はずでありましたが捕らえられ、根元から牙城を崩されようとしております。そして、さらにお義父さまが捕らえられることにでもなったら、まさに相手の思う壺。青山様は失脚なされ、息のかかった若年寄から大目付、さらにお奉行さまの首まで危うくなりましょう。そんな渦中にわたくしたちは巻き込まれたのです」

「それほど大きな力が働いていようとは、知らなんだ。奥田様が捕らえられたのは、すべては計略の上だったのだな」

「はい。粕壁宿で不正を働いたということで捕らえたのは、おそらくですが、すべて相手の描いた策略でございしょう。お義父さまの話で、まったくのでっち上げということも考えられます」

「そのでっち上げを明かすことができたら、流れはこっちにくるな」

「はい。父上を救う、唯一の手段かと……」

「音乃、だったら乗ろうではないか。相手の策略にだ。それこそ『巧みに敵を誘い出す方法』というやつだ」

「お義父さまも、お覚悟を……？」

「ああ、奥田様を救い出すには、危ない橋を渡らんといかん。だが、わしにもしものことがあったら、音乃一人で何ができる？」

「わたし一人ではございません。源三さんがついています」

「ええ、あっしはどこまでもついて行きやすぜ」

「それでも、たったの二人ではないか」

憂いが丈一郎の口をついた。

「そうだ、もう一人いた」

音乃の顔に、不敵な笑いが浮かんだ。

「地獄の閻魔様がついていれば、百人力です」

「だが、真之介は……」

死んでこの世にはいない。音乃の妄想に、丈一郎は眉根に皺を寄せさらに憂いをもった。

「わたしと真之介さまの夫唱婦随は、永久のものと信じております」

もう、丈一郎が返す言葉はない。大きくうなずき、丈一郎は音乃の気持ちを信じるほかはなかった。

日付けが変わる、深夜九ツを報せる鐘が聞こえてきた。

家に戻れず、源三は巽家での泊まりとなった。

暁《ぎょう》七ツの鐘で、律は目を覚ました。明六ツまでは一刻ある。半刻をかけ、朝餉の仕度を整えた。朝が苦手な律にしては、自分なりの努力であった。

「あら、お義母《かあ》さま……？」

夜も白々とする七ツ半前に起きてきた音乃が、整った膳を見て驚く声をあげた。

「私だって、やるときはやります。そろそろ夫と源三さんを起こさなくては……」

巽家の、慌《あわただ》しい一日のはじまりであった。


明《あけ》六ツの鐘が鳴る前から、三人は動いた。

川口町の家を一緒に出て、それぞれの方向が異なると三方に道を分かれた。源三は一度家に戻り、それから本所松井町に赴くという。

音乃が行く、白河藩阿部家の中屋敷は芝の浜の近くにある。距離にすれば一里以上あるが、一刻もあればゆっくり歩いても充分に着く。道中何があるか分からないと、余裕をもって早発ちすることにした。

丈一郎は、梶村から明六ツ前に来いと言われている。粕壁と蒲生で起きたことの経緯を語れば、事は大きく進展することが考えられる。敵対する相手が、ぼんやりとだが浮上してきた。音乃の話を聞いたあとで、梶村と会うことにしてよかったと、丈一郎は朝から気持ちの浮き立つ思いであった。

八丁堀に向かうと、音乃は遠回りである。東に向かい高橋から霊巌島をあとにし、南八丁堀町を通って木挽町から新堀川沿いをひたすら南に向かって歩くと、やがて汐《しお》留《どめ》に出る。そこから芝の浜は目と鼻の先である。芝まではそれが一番の近道といえる。

音乃は、その道順を選ぶことにした。

「それでは音乃、気をつけてな」

「お義父さまも……」

「わしはすぐそこまでだ。気をつけるも何もなかろう」

「左様でございました」

音乃は東に、丈一郎は西に足を向けて動き出した。梶村の屋敷までは通いなれた道である。

東の空に、お天道様の先端が現れてきた。すべて地表に昇りきれば明六ツである。早く着くに越したことはない。丈一郎はおのずと足を急かした。

新堀の亀島川を渡れば、八丁堀の組屋敷は二町ほど先である。梶村の屋敷は、その一角にあった。

橋を渡り、一町ほど来たところであった。そこは、水谷町一丁目である。表通りに並ぶ商店は、どこも大戸《おおと》が下りて人の通りはまだない。そろそろ、町屋も動き出す刻限である。間もなく小僧が、店の前を掃き清めようと箒《ほうき》を抱えて出てくるはずだ。

前を見据えて歩く丈一郎の前に、五人の侍が立ち塞がったのはまさにそんな極めの刻であった。

「巽丈一郎殿であるな？」

「左様だが……」

平袴を穿き小袖の上に黒の羽織を纏うのは、どこか奉行所の役人にも見える。相手は丈一郎の顔を見知っているようだ。

「今、そのほうの家に行こうとしていたところだ」

高飛車な物言いであった。

「何ゆえ？」

他人《ひと》の家を訪れてくるには、時限が早すぎる。丈一郎は、首を傾げながら問うた。

「だが、その必要もなくなったようだ。これから、我らにご同行されたし」

「どちらのご家中の方々でござる？」

「それは、ついてくれば分かる」

「いきなり立ち塞がれて、ご同行と言われても困る。用があって行くところがあるのでな。先方では、拙者を待っている。どうしてもというなら、力ずくでも通らせてもらう」

言って丈一郎は、刀の柄に手をかけた。

「抗《あらが》うとあらば仕方がない。これから罪状を申し渡すでな、おとなしくお縄についていただこう」

「罪状とは？　拙者は何もしておらんぞ」

「昨日の朝、日光道は越ヶ谷の在で三人を殺《あや》めたことは、目撃した者の届け出で明白だ。本来ならば、目付配下の捕り手が赴き捕縛をするところであるが、それは減じて任意の同行を願うことにした。おとなしくついてまいれ」

昨夜から懸念していたことが現実となった。

――まさか、これほど早く来ようとは。きのうの今日だぞ。それに、いったい誰が目撃したというのだ？

小道から、街道に出たときはそんな気配は感じなかった。現場をそのままにして、丈一郎は江戸に戻ってきたのである。

気持ちの上で覚悟していたとはいえ、捕縛が早すぎる。丈一郎は、敵対する相手の目に見えぬ動きに震撼する思いとなった。

ここで抗ったら、事態はますます深みに嵌る。丈一郎は相手の懐に飛び込むつもりで、腰に差す大小の刀を鞘ごと抜いて相手に預けた。

「ついてまいろう」

縄はない。五人の武士に囲まれ、丈一郎はおとなしく従うことにした。

五

明六ツを過ぎても、丈一郎の訪問はない。

「どうした丈一郎は？　明六ツまでに来いと言っておいたのに」

首を長くして待つのは、与力の梶村であった。時を報せる鐘が鳴り終わると、梶村は槍持ちの又次郎を呼んだ。

「丈一郎がまだ来ない。急ぎ巽の家に行って、たしかめてまいれ」

「かしこまりました」

又次郎は、脱兎のごとく屋敷を飛び出した。

巽家で、律が応対をする。

「四半刻ほど前に、夫は出かけましたが。はい、与力様のお屋敷に行くと申しまして……」

「なんですと、四半刻前に出られたとですか？　……ならば、もうとっくに屋敷に着いているはずだが」

又次郎の呟きに、律の顔面は蒼白となった。

「夫に何かございましたのでしょうか？」

「いや、なんとも身共では……」

声を震わせ律が問うも、又次郎では要領が得ない。

「巽様のことです、どうかご心配なさらず……」

経緯が分からなければ、又次郎の言葉は慰めになっていない。しかし、音乃もおらず、心細さが先に立ったもののそこは、かつては鬼同心と言われた男の妻である。うつむく顔を上げて言う。

「分かりました。どうぞ、私のほうはお気遣いなく、与力様によしなにとお伝えください」

むしろ、相手に心配をかけてはならないと、律は気丈なところを見せた。

丈一郎が捕らえられたのも知らず、音乃は阿部家中屋敷に向かって歩みを急がせていた。

藩主である阿部正篤に会えるかどうかはともかく、このたびの参勤交代での江戸出仕が不穏の影を落としている。父である奥田義兵衛が探ろうとしたことの、たとえわずかでも、その一端が知れればそれに越したことはない。そのつもりでの潜入であった。

中屋敷の門前近くで待つこと四半刻、銀鱗堂の主が音乃の姿を認めて近づいてきた。

「お待たせしましたかな？」

「いいえ、さほどは……」

相手に気を遣わせない、音乃の返事であった。

間もなく、朝五ツを報せる鐘が鳴る刻限となった。

「ならば、行きましょうか？」

門前に立ち、銀鱗堂が門番に声をかけると話が通じていたか、すぐさま屋敷の中に入っていった。やがて、一人の家臣が外へと出てきた。

「どうぞ、お入りくだされ」

脇門から、屋敷内へと入った。

音乃が髪結いの着る白衣を纏えば、それなり女医者に見える。

「念のためと思いまして、知り合いの女医者を連れてまいりました」

銀鱗堂が、音乃を紹介した。

「ほう、女のお医者さまですか。ずいぶんとお若いのに、偉いものですな」

「医術に、若いも年寄りもございません。それと、女だからといって侮《あなど》るなかれ。腕は達者なもの。お殿様のご病状がよくなれば、それに越したことはございませんでしょう」

「たしかに、銀鱗堂の主の言うことはもっともだ」

語りながら、中屋敷の奥へと踏み入れる。

「ここで、お待ち願おうか」

四方が襖で塞がれた、六畳の間で待たされる。銀鱗堂の膝元には、風呂敷で包まれた三段重ねの重箱が置かれている。きのう調理された、十四分の蝮の蒲焼が詰められてある。それと、一升徳利も風呂敷包みにされている。これは、精のつく蝮の生き血である。

阿部家小姓頭配下の者が銀鱗堂を訪れ、蝮の依頼があったのは七日ほど前だったという。

「——こたび、わが殿が参勤交代で江戸に出仕なさる。病弱のお体に、赤蝮が効くと聞いての。どうにか、活きのよい蝮を都合つけてくれぬか」

阿部家の御典医《ごてんい》である、番医者の処方とのことだ。

「十四ほど、つかまえてまいりましょう」

「調理までを、頼めぬか？　生憎《あいにく》当家の台所には、それを捌《さば》くことのできる者がいないのでな。それと、殿は大の蛇嫌いである」

「ならば、鰻の蒲焼として……」

「いや、蒲焼はならぬ。鰻や穴子も苦手のようじゃ」

銀鱗堂がはたと困ったところに『秋刀魚の蒲焼』と、源三の助言があったのだ。

側用人《そばようにん》配下を待つ間、昨夜聞けなかった話を銀鱗堂が語った。

「それで、秋刀魚の蒲焼と偽り……」

音乃が呆れた顔をして銀鱗堂の話に耳を傾けていたところで、襖がいきなり開いた。

「もってきてくれたか？」

言って部屋に入ってきたのは、先だって銀鱗堂を訪れた小姓頭配下の家臣であった。

「はい。荻島《おぎしま》様の仰せのとおり、調理をしてまいりました」

家臣の名は、荻島と言った。

「ほう、どんな風に蝮を仕上げてきた？」

「はい。やはり、蒲焼以外にはございません」

「なんと、あれほど蒲焼は駄目だと申したのに」

「いや、これは蝮にあらず、秋刀魚の蒲焼であります」

「秋刀魚だと？」

「はい。お殿様の好物は、秋刀魚とお聞きしまして」

「そう偽って、食させようとな。うーむ……」

荻島は考える素振りを見せて、顔が音乃に向いた。

「そなたは、女医者だとか申したな？」

「はい。お殿様が食すのを嫌がりましたら、ご説得をしたいと……」

「そのために、一緒に来てもらいました。若い女医者ですが、診立てのほうはしっかりしています」

銀鱗堂が、言葉を添えた。

――うまくいけば、藩主に会える。

「お殿様が、少しでもお元気になればと思いまして……」

音乃はもう一息と、さらに言葉を加えた。

「ならば、二人とも一緒に来てもらおうか。殿に目通りして、その秋刀魚の蒲焼とやらを食させてくれぬか。当家の番医者や拙者らが説いても、なかなか言うことを聞かぬでな」

藩主阿部正篤の容態を知れば、何かが分かるかもしれない。そんな漠然とした思いであったが、音乃には願ってもない荻島の言葉であった。

中奥の御寝所が、藩主阿部正篤の居間であった。

「旅のお疲れで、休んでおられる。そなたたちが入れるのは、ここまでだ」

寝所の隣部屋までしか、足を踏み入れられない。もっとも、外部の者がそこまで近づけるだけでも特別の待遇であった。

敷居を挟んで寝所は天井から下がる御簾《ぎょれん》で遮られ、正篤の表情はとらえられない。

枕元に、小姓らしき者と十徳を着込んだ御典医らしき男が座っている。

「殿、精がつく食材を取り寄せました。食されて、一日も早くお元気になられますことを……」

御簾を通して、荻島が声をかけた。

「食べとうない」

か弱い声は、正篤の口から直《じか》に発せられたものである。

「殿のお体によかれと思い、遠路はるばる取り寄せたものでござります。滅多に手に入らぬ貴重な食材。ご無理でもお食べいただきたいと……」

正篤の側にいる、御典医が説得をしている。

「食材とは、なんだ？」

「はっ……」

しかし、御典医には蝮とは答えられない。

「それを調理した者と、医師がまいっております。その者たちから、説いていただきましょう。さて、殿にご説明願おうか」

御典医が、銀鱗堂に答を委《ゆだ》ねた。

「それでは、音乃さんから」

小声で銀鱗堂が、音乃に振った。即興で答えなくてはならない。いきなりで気持ちの整理がつかず、音乃は答に間を取った。だが、ここでうろたえていたら、すべては水の泡と化す。

「荒波の沖で獲れました、丸々と太った滋養のある秋刀魚でございます」

音乃は丹田《たんでん》に力を込め、心を落ち着かせたところで、御簾の外から出まかせを発した。

「何、秋刀魚とな？」

「はい。お殿様の大好物とお聞きしまして、漁民に無理をお願いして、特別に漁をしていただきました」

その場で思いつく、すべては出まかせであった。

今まで考えてもいなかった答が、すらすらと音乃の口から発せられる。

「秋刀魚など美味《びみ》ではあるが、さほど滋養があるものと思えぬぞ」

「はい。ですが、ここにございます秋刀魚はまったく別物で、精がつくものと重宝がられております。銚子《ちょうし》沖で黒潮を越えた戻り秋刀魚は南国育ちと申しまして、本来のものと比べ三倍も四倍も大きく育ちます。南の海の栄養をたっぷりと含みまして貴重なものでございます。それを、蒲焼にしてみました。ぜひとも、お召しいただきますよう……」

「そなた、声が若い女子《おなご》のようだが、本当に医者なのか？」

「はい。とくに、食物の滋養に関しましては、幼きときより学んでまいりました」

「左様であるか。余は、そなたの顔を見たくなった」

御簾の向こうで、小姓に助けられ正篤の上半身が起き上がる姿が見えた。

「簾《みす》を上げよ」

藩主正篤の顔が拝める。音乃は居住まいを正して、御簾がめくれるのを待った。

六

小姓の手で御簾がもち上げられると、音乃と銀鱗堂は畳に拝した。

「苦しゅうない、面《おもて》を上げよ」

正篤の言葉で、音乃と銀鱗堂は体を起こす。絹の蒲団に白の寝巻きで身を包んだ正篤が、青白く痩せ細った顔を向けている。齢は音乃と同じほどだが、病に冒された様相は、遥かに実齢よりも老けているように見えた。

「おお、美しい女子であるな。ちこう寄って、よく顔を見せよ」

薄く笑いを浮かべて、正篤が音乃を凝視している。

「はい」

音乃と銀鱗堂は、敷居を跨ごうと中腰になった。

「ちこう寄るのは、女子のほうだけでよい。男は控えていよ」

「はっ」

銀鱗堂はそのまま畳に拝し、音乃だけが寝所の間に足を踏み入れた。

一間離れて、音乃の足は止まった。

「もう少し、ちこう……」

正篤と音乃の隔たりは半間ほどとなって、向かい合った。

「女の医者と聞いたが、名はなんと申す？」

「音乃と申します」

「近くに寄ると、ますますその美しさが映《は》えるであるな」

「いえ、それほどでも……」

音乃の謙遜に、正篤の首がかすかに振られた。

「余はこのとおりの病弱だが、そなたの顔を見ていく分体の血が騒ぐ思いがしてきたぞ。そのような気を発する女子と見た」

やつれた体に似合わず、饒舌《じょうぜつ》である。

「殿、あまりお話しになりますと、お体に障《さわ》ります」

御典医が注意を促す。

「いや、よい。久しぶりに今日は体調がよさそうだ。今だけは、好きにさせてくれ」

「はっ」

正篤の言葉に、御典医は体を引かせた。

「さて、音乃とやら。おことの手で、余に秋刀魚の蒲焼とやらを食させてくれぬか」

「はい。かしこまりました」

「はよう、膳の用意をせよ」

正篤の命《めい》で、慌しくなった。

やがて、正篤の寝具の前に置かれた膳には、八分目ほどに飯がよそられた漆《うるし》の器と汁物の椀、そして空の湯呑《ゆのみ》が載っている。

銀鱗堂がもってきた重箱が開けられ、こってりとたれのかかった蒲焼が飯の上に載せられた。

「これが秋刀魚の蒲焼と申すか？　余が知っておる秋刀魚とは、ずいぶんと異なるものだな」

「お殿様が食された秋刀魚は、炭火で焼かれた塩焼きだと思われます。こちらの秋刀魚は先ほど申し上げましたとおり、南海の沖で獲れました……」

「そこまででよい」

音乃の語りを、正篤自身が止めた。

「余がいくら世に疎《うと》いといっても、これが秋刀魚の蒲焼でないことくらい分かっておる。ただ、元はなんだか分からぬが、滋養がつくものであろう。余は黙して食そうぞ」

正篤の言葉に驚いたのは、家臣衆であった。蝮の蒲焼を食べさせるのに、これほど簡単に聞き分けるとは。誰もがもっと苦労するものと考えていた。

その心境を、正篤は自分の口から語る。

「先だって、陸奥は白河から江戸に来たものの、余はこの有り様だ。上様にも拝謁できず、寝込む以外にないとはなんとも情けないものよ。それはともかく、家臣には苦労をかけっぱなしでな……」

この日初めて会った音乃に向けて語る正篤を、家臣たちは信じられぬといった様相で見やっている。

「不思議と、音乃とやらにはなんでも語れる気がする」

家臣たちの様子を目にしながら、正篤は言葉を添えた。

「こたびの参勤交代では、財政が逼迫しているにもかかわらず、とんでもない出費をかけさせてしまった」

「えっ？」

――まさか、こんな話が聞けようとは。

正篤の語りに、音乃は思わず驚く声を発した。それにかまわず、さらに正篤の言葉がつづく。

「余の容態を気遣ったために、倍の日程をかけさせてしまった。日にちが嵩《かさ》むということは、それだけ費用がかかるということだ。宿の確保や人馬の手配……」

そのとき音乃の脳裏には、例の書き付けの数字がよぎっていた。

——ゆっくりとした行程は、殿様の体を労《いたわ》るために……？

不審でもなんでもない、必然の数字の列であったのだ。それを、父である義兵衛は不正によるものとして調べていたのか。

「そういったものに、かなりの予算が削られる」

音乃の頭の上に、正篤の言葉が通り過ぎていった。聞き取れず、音乃は気持ちを元へと戻した。

「余の体が丈夫でありさえすれば、家臣たちにそんな辛い思いをかけさせずにすむものを……」

無念そうな正篤の口調に、音乃の心は引き裂かれる思いとなった。

「さて、滋養があるものを食そうではないか。なんだか知らんが、そこにあるもの、すべて食べつくしてやるぞ。家臣や領民のためにも元気をつけねばならん」

蝮の蒲焼とは知らず、正篤が最初の一膳を食べつくした。

「そこにあるのはなんだ？」

一升の徳利を目にし、正篤が問うた。

「南蛮渡来《なんばんとらい》の『赤わいん』という呑みものでございます。湯呑に一杯、ゆっくりとお呑みください」

「赤わいんとな」

蝮の生き血を、酒で薄めたものである。顔を顰《しか》め、苦渋の表情で湯呑一杯を呑み干した。

咽喉《のど》元を過ぎると、正篤の表情が一変する。

「なかなか美味であるな。もう一杯所望……」

「いえ、これはお体に強すぎます。一日湯呑に一杯としておいてくださりませ」

「左様か。ずいぶんと心持ちがよくなってきたぞ。体も、かっかと熱くなってきおった」

正篤の、青白かった顔色がにわかに赤みを帯びてきた。

「おお、ご血色が見違えるようによくなってきました」

御典医の、驚く顔が向いた。

「蒲焼も、三日分ございます。どうぞ、分けてお召し上がりください」

「分かった。これからは、喜んで蒲焼というのを食すことにしようぞ」

正篤の満足した言葉に、音乃は最後まで『蝮』とは言えずじまいであった。

中屋敷から出てからのこと。

「音乃さんのおかげで、本当に助かりました」

銀鱗堂の主が幾度も礼を言う。

「あと十四、蝮の注文も取れましたし……」

「よかったで、ございますね」

答えるものの、音乃の口調は心ここにあらずであった。

白河藩主阿部正篤の話が真《まこと》なら、どうやら阿部家は無関係のようだ。

「……父上は、いったい何を探っておいでだったのかしら？」

思いが呟きとなって、口から漏れた。

「何か言われましたかな？」

銀鱗堂の耳が、音乃の呟きをとらえた。

「いえ、何も……」

「それにしましても、よくもあの場で、南国育ちで滋養のある秋刀魚などと出まかせを言えたものですな」

「何ごとも真剣に構えれば、なんとかその場は切り抜けられるものです。でも、お殿様には方便であることが分かっていたみたいです。思っていた以上に、できたお方でございました」

阿部家に不審がなくなれば、どこに目を向けたらよいのかとなる。

銀鱗堂は芝の浜から舟を雇い、大川を渡って深川へと戻っていった。

早く丈一郎に報せようと、帰りの道を音乃は急く《せ》思いで歩いた。

しばらく歩いたところで、音乃は急に躓《つまず》いた感じで体が前のめりとなった。危うく倒れるところであったが、かろうじて堪《こら》えることができた。

「あら……」

足元を見ると、草履《ぞうり》の鼻緒が切れている。

買ったばかりの、まだ新しい草履である。

――たいして歩いていないのに、鼻緒が切れるなんて。家で、何かあったのかしら？

不吉な予感が、脳裏をよぎった。

袂にある手拭いをちぎり鼻緒を挿《す》げ替え足元をしっかりさせると、音乃の足は、さらに速度を増した。

霊巌島の家に戻ると、音乃は音を立てて戸口の遣戸を開いた。

「お義母さま、只今戻りました」

息せき切り、声を詰まらせながら音乃は戸口の三和土に立って声を奥に投げた。

「音乃かい？」

顔中に不安感をあらわにした律が、戸口先へと出てきた。普段は見せぬ律の苦悶の表情に、音乃の胸がドキンと一つ不安の高鳴りを発した。

「何かございまして？」

一段低い三和土に立つも、女にしては上背のある音乃と、律の目線は並行に向かい合った。

「旦那さまが……」

「お義父さまが、どうかなさりまして？」

「梶村様のところに向かう途中で、忽然と姿を消してしまったらしいの」

顔は曇らせるものの、律の受け答えはしっかりとしている。

「なんですって？」

今は昼四ツを過ぎたばかりである。丈一郎と外で別れてから、二刻ほどが経つ。

「それで、行方は……？」

「分かれば、苦労はしないでしょ。でも、巽丈一郎なら大丈夫。あたしの夫でございますもの」

「それは、そうでございますね」

律の気丈な受け答えに、音乃は一つ不安が取り除かれたような気がした。

「これから梶村様のところに行ってまいります。お一人で、大丈夫ですか？」

「もちろん、大丈夫に決まっているではないの。これでもあたしは、北町の鬼同心と呼ばれた男の妻です。夫がいなくなったら、私がこの家を守らなくてはならないのよ。私のことは案じなくていいから、夫丈一郎を探してきておくれ」

「かしこまりました。遅くなると思いますが……」

「私のことはかまわずにと、言ったではありませんか」

「左様でございました」

律がしっかりしているだけに、音乃は安心して動ける。

音乃は草履も脱がず、引き返すように外へと出た。向かうところは、とりあえず与力梶村の屋敷である。

梶村の家では、音乃への託《ことづ》けがあった。気をつけて、奉行所に来られたしとのこと

門近くにある北町奉行所へと向かった。


である。

気をつけてと添えてある一言が何を意味しているのか分からずも、音乃は呉服橋御門近くにある北町奉行所へと向かった。

七

そのころ、竪川沿いにある本所松井町の口入屋《くちいれや》を探っていた源三は、自らが漕ぐ帰りの舟の上にあった。

源三は、櫓を漕ぎながら、口入屋でのことを思い出していた。

朝五ツごろ、源三は口入屋の前に立った。松井町では口入屋は一軒だけなので、すぐに分かった。

軒から下がる看板に『口入処　生駒屋《いこまや》』とある。

外壁に貼ってある口入斡旋の案内を、源三は食い入るように読んだ。

『大名家御用達　人足求む　身元明白保証人要　無宿《むしゅく》者《もの》不可』

と、難しい字で書かれてある。

「……参勤交代の、人足の斡旋もするんだ」

昨夜音乃から聞いた、白河藩阿部家の経緯が脳裏をかすめ、源三は小さくうなずいた。

源三の懐には、丈一郎が拾った紙入れが入っている。これを主に見せれば、一目で義兵衛との関わりが分かるはずだ。源三は、預かる紙入れがなくなっていないかを、腹に手を添えてたしかめた。たしかに、腹巻の中にある。

店の大戸が開き、その日の仕事にありつこうとする客の出入りがあった。店頭からでは、番頭がいなくなった気配は感じられない。

「ごめんよ……」

源三は、意を決して店の中へと足を踏み入れた。

「いらっしゃいませ」

二十代も半ばとみられる手代が、声をかけてきた。

「初めてのお客さまのようで。して、どのようなお仕事をお探しでございましょう？」

「すまねえが、仕事を探しに来たんではねえんで……」

「でしたら、どのような用件で？」

仕事ではないと聞いて、手代の口調はにわかにぞんざいなものとなった。

「こちらに、番頭さんはおりますかい？」

「只今、出かけておりますが……」

「いつごろ、お帰りで？」

「いや、手前には分かりませんが。下野《しもつけ》のほうに長旅に出たと聞いてますんで、当分は戻らないかと」

「下野のどこに？」

「そんなこと、あんたさんに言うことはないでしょう」

「なるほど、それはそうだ。こいつはあっしの訊きかたが悪かった」

「分かれば、けっこうです」

「ならば、ちょっと別のことを訊きたいが……」

源三が、手代を相手にしているそのときであった。

「おい、何をしている？」

一段高い帳場《ちょうば》から声をかけたのは、五十歳にもなろうかという初老の男であった。

「旦那さま、この人が番頭さんのことでお聞きしたいと？」

「なんだと。うちの番頭がどうかしたのか？」

旦那と呼ばれた男の口調では、番頭の身に何が起きたのか知らないらしい。手代が言っていたのは、偽りではなさそうだ。

「今、遠くへ旅に出ていないが……」

「下野のほうに行っているそうで」

「なぜにそれを知っている？」

「今、手代さんから聞きまして」

にわかに主の顔が、顰《しか》め面《つら》となった。

「話をしたのか？」

怪訝そうに、手代に問うた。

「はい、うっかり」

「仕方のない奴だ、向こうに行ってなさい。ほれ、あちらでお客さまがお待ちかねだぞ」

「いらっしゃいませ、お仕事をお探しですか？」

揉み手をしながら、手代は去っていった。

源三の相手は、手代から主へと替わった。

「つかぬことをうかがいますが、こちらの番頭さんというのは背中に蝮の紋々を彫ってなかったですかい？」

「どうしてそれを？」

「やっぱりそうでしたかい？」

源三が、その先をどう切り出そうかと、一拍の間を置いた。

「よろしかったら、奥で話をいたしませんか？」

願ってもない、主からの誘いであった。


母屋の奥で、源三は主と向き合って座った。

「手前、生駒屋の主で時蔵《ときぞう》と申します」

厳《いか》つい顔に似合わず、物腰は柔らかい。源三は、時蔵を一目見た印象では、とても悪党と思うことができずにいた。

「あっしは、船宿の船頭で源三といいやす」

あえて源三は船宿の名と、霊巌島の住まいは隠して言った。

「船頭さんが、なぜに番頭のことを？」

まともな、時蔵の問いである。

「あることで、関わりができやしてね……」

「あることとは？」

「そいつは追って話をしやすんで。ちょいと急《せ》いていますので……ところで、番頭さんの名はなんと？　名が分からねえと、話しづらいもんで」

「関わりができたというのに、名を知らんのですか？」

「関わりと言いやしても、実際には、この世では一度も会ったことがありませんで……」

「えっ？」

受け答えがどうもおかしいと、時蔵の首がいく分傾いだ。

「番頭は、伊助《いすけ》といいますが……」

眉間に皺を寄せ、時蔵の訝《いぶか》しそうな声音であった。

「その伊助さんとやら、下野なんぞに行ってませんぜ」

「なんですって？」

時蔵の、驚愕の声音であった。さて、これからが大事だと、源三は居住まいを正した。

「あんたさんは、伊助の何を知っておるのだ？」

「ええ。どうやら人並みのお方ではないようで……」

含む源三の物言いに、時蔵の顔は苦虫《にがむし》を嚙み潰すように歪んだ。そして、重い口が開く。

「番頭の伊助は、若いときは手のつけられない無頼《ぶらい》であったらしい。だが、大人になってからは違っていた。心の芯から観念し、それからはずっとまともになって働いている。背中の紋々も、若気の至りだと言っていた。今ではうちにとって、なくてはならない男だ」

「伊助さんのお齢《とし》は、おいくつなんで？」

早桶の中で見たときは、齢までは推測できるものではなかった。

「今年で五十になったが、伊助がどうかしたと？」

「本当に、ご存じねえですかい？」

「ええ。今しがた申したとおり、今ごろは下野でもって人足探しに……」

「それが、江戸にいたとしたらどうなさいますかい？」

「江戸にですと？」

「いや、正確にいえばすでに墓の中。この世にはもうおられませんぜ」

源三が、一気に言い放った。

「なんですって！」

家中に轟《とどろ》くほどの、時蔵の驚愕であった。

「亡くなったのは、先だっての名月の晩。場所は、霊巌島に近い稲荷橋の欄干から川に飛び降り……御番所は覚悟の自害ととったようで。だが、体についた入墨と傷痕などから、無宿人として判断したか身元不明とすぐに沙汰がおり、深川の寺に無縁仏として葬られましたぜ」

信じられないといった形相で、時蔵は源三の顔を食い入るように見やっている。

「源三さんとやらは、なぜにそんなに詳しく？」

まさか、墓の中を暴いたとは言えない。

「どうやら伊助さんは、ある事件に巻き込まれたようでして。あっしは、その事件というのに関わりがありやして、無実の罪に捕らえられたお方をお救いするために動いておりやす」

「伊助がある事件に巻き込まれたと……それは、どんなことなんでございましょう？」

「ある大名家の、参勤交代に絡んだことでさあ。こちらの貼り紙にもありましたね、人足を求めていると」

「ええ、助郷だけでは手に負えず、人手が足りないところに、当方からも人足を送り込んでおります」

「それってのは、宿場ごとにですかい？」

「ええ。関八州の宿場でしたら、どこにでも行って手配をいたします。伊助も今はそれで……」

源三は、そろそろ紙入れを見せるころあいと、懐に手を入れた。その仕草に危険を感じたか、時蔵が体をうしろに反らした。

「匕首じゃねえですから、ご安心なさって。ちょっと、見ていただきたいものがございまして……」

懐の、さらに下に手をもっていく。腹巻の中から引っ張り出して、紙入れを時蔵の前に晒した。

丈一郎が拾った、そのものである。

「ご主人は、この紙入れに見覚えはないですかい？」

「いや、ないが」

首を傾げて訝《いぶか》しがる時蔵に、源三は肩透かしを食らった面持ちとなった。だが、すぐに気持ちを切り替える。

「ならば、この中身は……？」

言って紙入れの中から、書き付けを取り出した。

「これは……なんで、あなたさんがもっておられる？」

「どうやら、中身のほうはご存じのようで？」

「ああ、手前が書いて伊助に渡したものですから」

「間違い、ねえですかい？」

「嘘を言ってどうなる」

「となれば、書き付けの意味も分かりやすすね」

「ああ、もちろんだ」

だが、内容までは語らない。

「もしかしたら、白河藩は阿部家の人足手配で？」

ならばとばかり、源三のほうから切り出した。

「えっ？」

時蔵の驚く顔で、源三は図星と取った。

「大事なことなんで、話しちゃくれませんかね」

しばらく考えた末、時蔵は小さくうなずくと重い口を開いた。

「そこまで、ご存じだったか。いったいなぜに、あなたさんはそのことを知っておられる。ただの船頭さんではございませんね」

「ただの船頭であることは、違いありやせん。ですが、義理のあるお方を助けるためでしたら、岡っ引きの真似事だってしてしますぜ」

源三が、目に力を込めて言った。

時蔵の口から、わけが語られる。

「白河藩の御藩主阿部正篤様はお体が弱く、そのため本来の参勤交代よりも、倍のときをかけ江戸にご出仕なされます。これは、そのときの宿場で調達する人馬の数を書き留めたもの。宿場名が記してないのは、万が一、この書き付けが人手に渡ったとき、どこの殿様かを隠すためにあえて省《はぶ》いておいたのです。一番下の数は、それにかかる費用です。ですが、もうこの仕事は一段落し、伊助は次の仕事に取りかかっていたのですが」

話を聞いていると、別に怪しい書き付けでもなんでもない。主から番頭への、単なる指示書であった。だが、なんの変哲もないものが、事件の鍵となって騒動を巻き起こしている。

「それにしても、なぜに伊助は殺されたのだろうか？」

「殺されたとは、言ってやしません。自害ってことも……」

「伊助が自害ですと？」

「まあ、それはともかく、これがあっしの手元にあるってのは……」

源三は、ここで紙入れを手に入れた経緯を語ることにした。

「先だっての十五日の晩、霊巌島近くの……」

源三は、丈一郎から聞いた話をそのまま語った。話を、主の時蔵はあらぬところに目をやり、呆《ほう》けた顔をして聞いている。

「……もしや？」

そして、時蔵の口から小さく呟きが漏れた。

「もしやって、何か心当たりがあるのですかい？」

「伊助は以前、粕壁の博労《ばくろう》『武蔵屋《むさしや》』で働いていた男でしてな。博労というのは、ご存じのとおり……」

牛馬の売り買いをしたり、貸し借りの仲介をする商いである。

「その武蔵屋は馬の売り買いだけでなく、荷駄の運搬から、人足の手配までを手広く扱ったかなりの大店でして……」

このあたりから、時蔵の声音は小さくなった。

「もしや、伊助の死はこの博労が……いや、滅多なことは言えません」

首を振って、時蔵は自ら口を塞いだ。

粕壁と聞いて、源三は引けなくなった。やはり、奥田義兵衛と関わりがあると感じたからだ。

「間違っていてもけっこうです。思い当たることがありやしたら、何でもおっしゃっていただけやせんか。そして、伊助さんの意趣を晴らしてやったらどうですかい?」

「実は、こたびの……」

源三の説得は、時蔵の気持ちを射たようだ。重い口が、再び開く。

「白河藩の参勤交代を司《つかさど》る道中奉行様から話がありまして、人馬の斡旋を願いたいと。ただし……」

白河藩阿部家の江戸ご出府における人足や馬の手配は、粕壁の博労武蔵屋と生駒屋の競札であった。

「残念ながら、この仕事は武蔵屋さんが落札しまして……」

仕事にはならなかったと、時蔵の悔しげな口調であった。

「当方を推挙していただきましたのは、大目付様ご配下の道中方組頭であります奥田義兵衛様というお方でして……」

「なんですって!」

源三の大声に、驚いたのは時蔵のほうであった。

「いかがなされたので？」

「あっしらが助けようとしているあるお方とは、その奥田様でありやして……」

「なんと！」

「奥田様は、どうやらあらぬ容疑をかけられたようで。評定所の裁きで、あと数日うちには死罪の沙汰が下るようでして……」

「そんなことになっていたのですか？　まったく知らなかった」

ため息と共に、時蔵の肩ががくりと落ちた。

「ならば、手前が知っていることをすべてお話ししましょう」

間をおくこともなく、時蔵が語り出した。

四半刻ほど時蔵の詳しい語りを聞いて、源三は生駒屋をあとにした。

竪川から大川に出て、櫓を急がせる。

「……早く旦那と音乃さんに報せなくては」

源三の独り言は、大川の川風に散った。

第四章　真相は闇の中に

一

巽家に行って、源三は愕然とする。

律から丈一郎のことを聞き、音乃は梶村のところに行ってから戻ってこないと言う。

源三は、丈一郎の身を案じたが、事情が分からなければどうすることもできない。

今できることといえば、音乃と会って時蔵から聞いた話を語ることにあった。だが、それすらもままならない。

音乃を探しに源三が動き出したそのころ、丈一郎は評定所の吟味部屋で、評定所留《とめ》役人《やくにん》の詮議を受けていた。

四ツを報せる鐘が鳴って、詮議がはじまった。

詮議には、目付の浦谷永助が立ち会っている。

主に評定所留役人が問い質《ただ》しをおこない、浦谷はその進行を黙して聞いている。

丈一郎を捕らえたのは、浦谷の配下の徒目付《かち》たちであった。罪状は、越ヶ谷在の蒲生村で三人を斬殺した廉《かど》である。

評定所では武士が犯した事件の審議を取り扱う。大番屋や伝馬《てんま》町の大牢とは違い、手荒な吟味はしない。

「巽丈一郎が、三人を斬殺したのは明白。よって、詮議をおこなう」

まったく、事実とは異なることを丈一郎は突きつけられた。

「斬り捨ててはいない。それに、相手のほうから打ちかかってきた。抗《あらが》わなければこちらが命を落とす、仕方のないところであった。三人とも手練《てだれ》ではあったが、運よく拙者のほうが腕は勝っていた。刀の棟で打ったため、死ぬほどの怪我は負わせてはいない。なぜなら、何ゆえ拙者を襲ったかを知りたかったのでな。その場で問いたてようとしたが、自ら舌を嚙み切りおった」

丈一郎が反論を述べた。

一問一答が繰り返される。

「ならば、なぜにすぐ近在の番所に届け出なかった？」

「急いで江戸に戻らねばならず、その余裕がなかった」

「なぜに、江戸に急いでいた？」

「それは、こちらにおられる浦谷様がご存じかと……」

丈一郎が鎌をかけると、浦谷の鋭い視線が向いた。だが、言葉は発しない。話をすべて聞き取ってから、浦谷の判断がなされるものと丈一郎は踏んだ。奥田義兵衛のことといい、すべては策略の中にあると丈一郎は思っている。

相手も滅多なことは言えぬものと、丈一郎には分かっていた。自分を捕らえたのは、殺すことではない。詮議の如何《いかん》によって、敵対する相手一派を根こそぎ潰すための、手立てに過ぎない。丈一郎の立場は、芋づるのその端っぽである。危害を与えても、相手には一文の得にもならないと、その点で丈一郎は安心を決め込んでいた。

評定所留役人の問いがつづく。

「浦谷様が何を知っておると？」

「江戸に戻ってから知った。あの三人は、もしや浦谷様の手の者と」

「なんだと！　こちらにいる、目付浦谷様のご配下と知って斬り捨てたのか？」

「斬り捨てたとは、言ってないだろう。何度言ったら分かるのだ？」

役人の話に、丈一郎はいきり立った。

「そうか。やはり、黒鍬衆であったか。それで意味が読み込めたぜ」

丈一郎が、不敵な笑いを発した。

「そんな意味などどうでもよい」

浦谷自身が、ここで初めて口を出した。

「どうでもよくはありませんな。揚座敷に捕らえられている、奥田義兵衛様の捕縛がすべてでっち上げで、出鱈目《でたらめ》だったと露見しましたのでな。まさか、拙者を粕壁に誘《おび》き出し……いや、それも策略の一つであったかもしれない。現に捕らわれているのも、すべてが計算ずく。いやはや、恐ろしいことを考え出すものですなあ」

丈一郎は、浦谷の顔色をたしかめるため、思いついたままの出まかせを言った。

「そこまで知られていたならば、もう、詮議はこれまでだ。これで三人を殺《あや》めた事実が明白となった」

浦谷が、評定所留役に向けて言った。

「いえ、まだはじまったばかりで……」

「これで詮議は充分と言っておるだろ。よってあとは、勘定奉行の村垣《むらがき》様の手により沙汰が決められる。それまで揚屋に留め置いておけ」

——勘定奉行の村垣だって？　これも相手の一派の一人かい。

浦谷の声音から推測できる。

どうやら丈一郎が放った憶測は、当たっているようだ。これらが事実であるなら策謀であることを、浦谷自身が明白にしたようなものだ。丈一郎は、してやったりの心境となった。だが、留め置かれている揚屋から出られなければ、何の意味もなさない。みすみす相手の術中に嵌《はま》ったことになる。

浦谷が言う村垣定行《さだゆき》とは、水野の息がかかる勘定奉行である。大目付の笠間とも気脈が通じ合い、義兵衛の上司である井上利泰とは真っ向から向かい合う政敵であった。勘定奉行には、武家が起こした事件の判決を下せる権限がある。丈一郎の詮議は、その村垣がおこなうという。もしも村垣が、相手の一派の者であるならば、審議の行方はおのずと分かっている。

即刻死罪が申し渡されるに違いない。命までは取らないだろうと思っていた丈一郎は、自分の考えが甘かったと苦渋の面持ちとなった。

死罪判決は老中水野忠成にもたらされ、将軍家斉が執行の命を下す。だが、将軍への言上は形式だけのもので、実質は老中に渡ったところで決済される。

この一連の流れは、相手方の手中にある。

丈一郎には阻止する術がない。それを承知で、浦谷は事件の本質を口にしたのであろう。

奥田義兵衛と巽丈一郎を陥れ、目の上の瘤《こぶ》である老中青山一派の勢力を削ぐ。

「……音乃、頼むぞ」

丈一郎が頼れるのは、音乃一人となった。

そのころ音乃は、北町奉行所の御用部屋で与力梶村と向かい合っていた。

かつて見たことのない、苦りきった梶村の表情を音乃は目にしている。

「――このたびばかりは弱った」

いく度か、梶村の同じ愚痴を耳にしている。

丈一郎が、蒲生村で三人を斬殺した咎《とが》は、北町奉行所にも報せが来ていた。すでに、音乃にはそのことは告げられている。

「北町奉行所では、対処ができないのでございますか？」

「詮議はすべて相手の手に握られていてな、このたびの裁決は勘定奉行の村垣様に委《ゆだ》ねられている。この村垣様というお方は、老中水野様の下にあってな。評定所の審議は、上様の代行という役回りでもあるため、そこで下された判決は何人《なにびと》であろうとも覆すことができないのだ。そういうわけでこの事件には、奉行所も目付の天野様も手が出せないでいる」

「すべてはでっち上げ……」

「音乃は、それを証明することができるか？　丈一郎のこたびのことも、三人を殺めたのは言い逃れのできない事実としてとらえられている」

「ですが、お義父さまの話では、舌を嚙んでのご自害と。それと、相手が先に襲ってきたと……」

「誰がそれを証明することができる？　たとえ丈一郎が反論を唱えたとしても、とうてい相手は聞く耳をもたぬであろう」

梶村から言葉を遮られ、音乃は二の句が告げずにいる。

「だが、それを証明することができさえすれば……」

「わたしやります、絶対に。すべてはお義父さまが言ったとおり、相手の策謀であることを解き明かしてみせます」

「しかし、奉行所は助けてやることができんぞ。だらしがないと思われようが、上様の権限のもとで相手は動いている。それには何人《なんぴと》たりとも、口出しすることはできんのだ」

「分かっております。ですが、無実を証明する確たる証拠がございましたら、いくら上様のご権限でも覆すことができるのですね？」

「むろん、そういうことになる。だが、よほどの証《あかし》をもち込まないと……」

「はい。充分わきまえております」

「音乃一人で、立ち向かうのか？」

「いいえ、源三さんがおります」

「たった、二人でか？」

「はい。今、源三さんはあるところを探っております。その報せを待って動きたく存じます。命を賭しても、必ず証をもってまいります」

並々ならぬ音乃の意気込みに、梶村もうなずく以外にない。

「あい分かった」

何か分かったら報せるとのことで、梶村との話は終わった。

父親二人の命がかかる。そして、幕府の政情までも左右される事態が、音乃の双肩に重くのしかかってきた。

残されたときは、あと数日。

相手としては、即刻にも捕らえた二人の首を刎《は》ねたいであろう。形だけの審議とはいえ、それができない事情もあった。

評定所では、審議の日程が決められているからだ。決まった日でしか、評決の場が開かれない。この月は、二十五日が最短の裁きの日であった。それを温情と相手は言っている。それは策略であることを、隠匿するためと音乃は取っている。

この日は十九日。あと、六日しかない。それまでに、確たる証をもたらせなくては音乃は二人の父親を失うことになる。

六日など、うかうかしていたらあっという間だ。

――さてと、源三さんはどんな話をもたらしてくれるか？

もう、霊巌島に戻っているだろう。いっときも早く、源三の話を音乃は聞きたかった。

音乃は、霊巌島の実家へと足を急がせた。もう、どこに行くにも速足であった。

二

一方源三も、北町奉行所に向けて足を急かせていた。

梶村の屋敷に赴き、音乃の行き先を知らされた。

いっときも早く報せをもたらせたい源三と、その話を聞きたい音乃であった。

音乃は東に向かい、源三は西に向かっている。同じ道を辿れば、どこかで出くわすことになる。

ちょっとした運命の悪戯《いたずら》といえるだろうか。

「おや、あれは……？」

日本橋通南町から、東海道に通じる目抜き通りを渡ろうとしたところで、音乃は知っている顔に出くわした。

大通りを南に向かって歩く男女を、音乃は追った。

そのとき源三は、平松町から通りに出るところであった。

一町ほど追って、並んで歩く男女の背中に音乃が声をかけた。

「お姉さま」

いきなり声をかけられ、女の顔が振り向いた。

「音乃ではないかい。ああ、驚いた」

胸に手をやり、ほっと安堵の息を吐《つ》いたのは、長姉である佐和であった。並ぶ男は佐和の夫で仙三郎である。

「こんなところで、お姉さまたちは何を……？」

「日本橋の薬問屋に……」

義兵衛が捕らえられてから、心労から母の登代が寝たきりになっている。容態が思わしくなく、佐和と仙三郎はつききりの看病にあたっていた。

「お医者様から漢方の薬を聞いて、買出しに来たところ。珍しいお薬なので、探すのに難儀しました。私と仙三郎様とで手分けをして、ようやく探し出せましたのよ」

姉たちなりに、苦労はしているのだと、音乃は取った。

「音乃はどうして……？」

「今、お奉行所に行ってきたところ。お父さまのことを詳しく聞いてまいりました。必ず助け出しますので、ご安心なさってお母さまのことをよろしくお願いします」

「義父上《ちち》は、大丈夫なのですな？」

「はい。仙三郎様は、お母さまと姉上のことをお守りください」

余計な心配をかけぬよう、音乃は心の憂いを隠して言った。

「お母さまにも、間もなくお父さまは戻りますからとお伝えください」

今、母である登代を元気づける言葉は、これだけである。まだ、なんの根拠はないものの、音乃は顔に笑みを含ませて言った。

「本当なの？」

「はい。ですから、お戻りになって早くお母さまにお伝えください。わたしはこれから、行くところがございますので……」

「音乃どの、頼みましたぞ」

仙三郎が頭を下げて言う。それを見て小さくうなずくも、音乃にもはや笑みはなかった。

源三と会えたのは、それから一刻ほどのちのことであった。

すでに正午はとうに過ぎている。


源三が巽家を訪れたのは、昼八ツを報せる鐘が鳴ってから四半刻ほど過ぎたころであった。

「ようやく、会えた」

奉行所に行ったところで音乃の名は出せず、あちこちを探し回ったという。音乃の顔を見て、源三にいつにない安堵の表情が見えた。

「ごめんなさい。お義父さまが捕らわれたということでうろたえてしまい、きちんとした行き先も告げなくて」

「それにしても、旦那が捕まったってのには驚きやした。それで、これからいったいどうなりやすんで?」

「分からないけど、梶村様のおっしゃることには……」

憂いが先に立ち、音乃の言葉は一瞬途絶えた。

「よほどの証が出せないと……すべては、相手の思惑どおりに」

「それってのは、旦那も奥田様も死罪と……」

恐る恐る言い出す源三に、音乃は小さくうなずいた。

「そればかりでなく、咎《とが》は上司の井上様やお奉行様にもおよんでくると」

「お奉行所では、どうにもならねえんで?」

「はい。評定所での審議は相手方の秤《はかり》の上でなされています。そこで死罪の評決が下りますと、そのまま上様の決済を仰ぐことに。もう、誰の手にも負えないところで動いているのです」

「まったく、卑怯な奴らで……」

憤りが、源三の口をつく。

「こんなところで、怒っていても何も進みません。こうとなったら、あたしと源三さんだけで、確たる証というのをつかむ以外にないのです」

「そうだ。その証なんですが、本所松井町の口入屋で……」

源三は、生駒屋の時蔵から聞いた話を語った。

「父上が、その生駒屋さんを推挙したと？」

義兵衛の名が出て、音乃の驚く顔が向いた。

「生駒屋の主の言うには、このたびの事件には粕壁の博労武蔵屋が絡んでいるのだと。結局、阿部様の参勤交代での人馬の手配は、競札した武蔵屋に落札したのですが、どうやらここに、からくりがあったみてえで……」

「からくりとは？」

「武蔵屋は、元の奉公人であり今は生駒屋の番頭に収まっている伊助を脅し、書き付けを奪い取ったのではないかと、時蔵さんは言うのです。あの書き付けに書いてあることは、武蔵屋との競札に出される見積もりだったのでさあ」

もっと詳しく話が聞きたいと、音乃は無性に時蔵と会いたくなった。

「源三さん。今すぐに、生駒屋さんに行きましょう。時蔵さんから直《じか》に話をうかがいたいのです。うまくすれば、重要な証人となるはずです」

「へえ。でしたら、あっしの舟で行きやしょう」

思いついたら、気が急くものだ。本所松井町まで、陸路では一里以上はゆうにある。

猪牙舟で大川を上れば、四半刻もかからず竪川に入ることができる。こんなとき、船頭である源三は重宝であった。

大川から竪川に入り、五町ほど行ったところに六間堀《ろっけんぼり》の吐き出しに架かる松井橋《まついばし》がある。

橋に一番近い桟橋に舟をつけ、陸《おか》に上がるとすぐそこに生駒屋の看板があった。

「おや？」

朝方来たときは店は開いていたが、今は大戸が下りている。

「おかしいな」

たしかに軒下に下がる看板には、生駒屋と書かれている。

「こんな時限に、早じまいはないでしょう」

源三は首を傾げながら、切戸に手をかけた。閂《かんぬき》もかけてなく、なんなく開く。

「入ってみやしょう、音乃さん」

「ええ……」

中に入ると、燭台に載った明かりでかろうじて店内の様子を見渡すことができた。

先刻は客と奉公人で賑わっていたが、今は土間にも帳場にも誰もいない。

「ごめんくださいな」

源三が、大声でもって奥に声を飛ばした。

「誰もいねえんで？」

三度ほど声を飛ばしたところで、ようやく母屋と結ぶ奥のほうから足音が聞こえてきた。

「どちらさまで……？」

声と同時に、若い奉公人が姿を現した。

「おや、さっきの手代さん」

源三が、朝方相手にした手代であった。

「ああ、あなたさまは？」

「朝方来た者《もん》ですが、ご主人の時蔵さんは……？」

問いに答えず、手代は黙ってうつむいている。その打ちひしがれた様子は尋常ではない。

「どうかしたんですかい？」

さらに、源三が問うた。

「半刻ほど前……」

ようやく手代の口が開いたが、それ以上言葉がつづかない。

「半刻ほど前、どうかしたんかい？」

厳しい語調で源三が問いたてる。

「南町奉行所のお役人が捕り手を連れてきて、旦那さまを捕らえていきました」

「なんですって？」

驚く声を発したのは、音乃であった。

「なんの咎だと……？」

「番頭さんを殺したとか……」

源三の問いに、手代はか細い声で答えた。

「えっ？　それってのは、自害ってことで片がついたのではなかったのかい」

「どうやら、お調べをやり直したとかお役人は言ってました。手前には、何がなんだかさっぱり分かりませんが」

番頭の伊助が死んだことさえ知らないでいた。まったく事情が分からない手代から、それ以上聞き出すのは無理であった。

このとき音乃の頭の中は、悔恨に苛《さいな》まれていた。

もう少し早く来ていれば、時蔵からいろいろなことが聞き出せただろうと。

三

時蔵の線からは、何も得ることができなくなった。

「それにしても、なぜに今ごろになって伊助さんは殺されたと。それも、主である時蔵さんが下手人《げしゅにん》てことで」

「もしかしたら、これもでっち上げかも……？」

呟くような、音乃の声音であった。それが、源三の耳に入る。

「でっち上げとは？」

「お義父さまが捕らえられ、あとに憂いが残るのは生駒屋さんだけ。その、口封じということも考えられる」

「ならば、なんでもっと早く捕まえなかったので？」

「それはなんとも……」

分からないと、音乃は首を振った。

「どうやらわたしたち、粕壁に行く必要があるかも」

「武蔵屋を探りにですかい？」

「ええ、そう。源三さんも行ってくれるかしら?」

「ええ、もちろんですが。それで、いつ発つと?」

今は、八ツ半ごろである。

「これから一度戻って、旅の仕度とお義母さまに断らなければ……」

「あっしも、親方に言って暇をもらわねえと……」

いずれも、霊巌島に一度は戻らなくてはならない。明日の早朝出立でもよいが、少しでも早く、粕壁に着きたかった。

「今夜中に、草加まで行けるかしら?」

「今からなら戻ってなんだかんだ準備しても、暮六ツまでにはなんとか千住までは。それから草加までとなると、二里ばかり。急いで行っても、草加に着くのは宵五ツごろになりますぜ」

暗い道中も、厭《いと》わない。

「そうなると、明日のお昼ごろまでには、粕壁に着くことができますね」

「今夜中に草加まで行ければ、なんとか着けるでしょう」

生駒屋を出て舟に乗ると、源三は渾身の力で櫓《ろ》を漕いだ。

夕七ツを報せる鐘がなる前に、霊巌島に着くことができた。

船宿『舟玄《ふなげん》』に半刻後の夕七ツ半と約束をして、音乃と源三は一度別れた。

舟玄に戻った源三は、主の権六《ごんろく》に数日の暇を乞うた。

「巽の旦那の一大事だ。かまわねえから、音乃さんの力になってやれ」

船宿の主権六は、よき理解者であった。

「恩にきやすぜ、親方」

「急ぐんだろう、早く仕度をしてきやがれ」

源三は一度家に戻り、出直すことになる。

たった半刻で、旅の仕度をしなくてはならない。

音乃は急く足で、戸口の遣戸を開けた。

「ただいま戻りました」

「お帰り……」

「これからすぐに、粕壁にまいります」

「これからかい？　もうすぐ日が暮れるというのに」

「ですが、急ぎませんと……」

丈一郎と、義兵衛が死罪になるとまでは言えない。

「これから旅の支度をしますが、困りましたわ」

「何が、困ったのだい？」

「今まで、旅というものに出たことがありませんので……」

着ていくものがないと、音乃は言う。

「なんだ、そんなことかね。だったら、私の旅装束を着ていけばよいさ。以前、大山《おおやま》参りに行ったとき、揃えたものがあるから」

音乃の旅装束は、みな律のもので揃えた。

木綿の地味な小袖を短めに着込み、その上から浴衣地を羽織り腰紐で止める。髪は手拭いで姉さん被りをして埃《ほこり》よけとする。脚には脚絆を巻き、足元は結わいつけ草履《ぞうり》である。手には菅笠《すげがさ》と杖《つえ》をもって、音乃の道中仕度は整った。

「これをもってお行き。何かの役に立つかも……」

律が差し出したのは、夫丈一郎がもつ十手《じって》であった。だが、滅多に他人《ひと》には見せられない。懐中深く、音乃はしまった。

舟玄の主権六の好意で、千住まで舟を出してくれた。

休まずに歩けば、今夜中に草加宿に着ける。

急いだおかげで、宵五ツを報せるの鐘が鳴る前には草加に着けた。ただし、気の利いた宿は空いておらず、丈一郎が止まったのと同じような木賃宿であった。

一番鶏の鳴き声で目を覚まし、出かけようと思ったが、その必要はなかった。同部屋の人たちの、鼾《いびき》や寝言などで音乃と源三の眠りは浅かった。東の空が、まだ白々ともせぬころに起きて、支度を整えた。

評定所の裁定まで、残すところあと五日。行きと帰りの道行きだけで、二日は取られる。実質、確実な証拠を手にするためには、三日余りしかない。

「急ぎやしょうや」

源三も、そのへんは心得ている。

草加から粕壁までは、四里と二十二町。暁七ツ《ぎょう》に出立すれば、疲れた脚でも正午《ひる》までには着けると踏んでいる。

宿の者はまだ寝ている。宿賃は前払いなので、いつ出かけても構わない。外に出てもまだあたりは真っ暗である。昨晩調達した提灯《ちょうちん》の明かりを頼りに音乃と源三は動き出した。

見知らぬ土地では、方向すらもままならない。

「どちらが粕壁でしょう？」

「さあ、どっちでしょうねえ」

着いたときも発つときも周囲は暗く、まだ一度も草加の景色を目にしていない。

旅慣れない音乃と源三は、道を右に行くか左に行くかを迷った。

「たしか、こっちから来たと思ったんですがねえ」

「いえ、あたしはこっちのほうからだと思う」

宿に着いたときは、二人とも疲労困憊《こんぱい》でどっちの道から来たのかを失念していた。互いの意見が食い違い、しばし木賃宿の前で棒立ちとなった。

それでも、早発ちの旅人というのはいるものだ。姿は見えぬが、提灯の明かりが近づいてくる。

「あの人に訊けば、よろしいかと……」

「さいでやすねえ。音乃さんから訊いてもらえますか？」

こんなところで粕壁はどっちだと訊くのも、男としてははばかられる。

「そう、源三さんではみっともなくて訊けないでしょ。わたしから訊いて差し上げます」

旅人が、声の届くところまで近づいてきた。

「すみません。ちょいとお訊ねしますが……」

「へい、なんでしょう？」

「粕壁に行くには……」

「だったら、こっちですね」

どこにでも、底意地の悪い奴というのはいるものだ。男は、粕壁とは反対の方向を指さした。

「やっぱり、わたしが言ったほうね」

「ええ、あっしの思い違いでしたわ」

道を教えた男のいう方向に歩き出した。

四半刻もして、東の空が白々としてきた。

「どうもおかしいですねえ？」

北に向いて歩いていれば、お天道様は右手から昇ってくるものだ。それが、左手が明るくなってきている。日光街道は、南北にまっすぐつながる道である。

「こりゃ、音乃さん。逆に来ているようですぜ」

「そのようね。これでは、江戸に戻ってしまいます」

明らかに間違いだと気づいたときは、草加宿から半里も来たところであった。

せっかく早起きをしたというのに、往復で一里、時にして、半刻を無駄に費やした。

「あの、旅人の野郎、嘘をついてましたね」

顔を真っ赤にして、源三が怒っている。だが、音乃の顔には笑みが浮かんでいる。

「仕方ありませんね。粕壁はどっちだなんて、子供みたいなことを訊いたのですから。ここは、からかってやれとでも思ったのでしょ。でも、こういったことでもって、結構よいことに出くわすことがあるかもしれませんよ」

音乃の前向きな言葉と笑顔に癒され、源三の血の気は一気に引いていった。

四

草加から、一里ほど北に行ったところが蒲生村である。

その手前の、雑木林に差しかかった。

「このあたりの林かしら?」

丈一郎から、三人を相手にした雑木林のことは聞いている。

「旦那は、雑木林の中って言ってやしたねえ」

街道の両脇は、鬱蒼とした林に挟まれている。明六ツも過ぎ、日が昇っているもそのあたりは、まだ提灯がほしいくらいに薄暗い。丈一郎たちが入っていった小道に気づかず、二人は通り過ぎた。

やがて雑木林が途絶えると、広く開墾された田畑の景色となって、急に視界が開けた。しばらく行くと、数軒並んだ民家の中に一軒の茶屋があった。

このあたりが、蒲生村である。

茶屋を前にして、音乃は空腹を覚えた。

「源三さん、ここでお腹を満たしていきませんか？」

「そうしましょうかい」

早発ちの旅人を相手にする茶屋である。すでに主《あるじ》は起きて働いている。

葦簀《よしず》張りの中で、主と思《おぼ》しき男が客のあしらいをしている。

朝餉を摂ることとは別に、音乃には目当てがあった。

茶屋の主に訊きたいことがあったのだ。そのためには、朝飯も注文しないと引け目を感じる。

壁に、塩むすびありますと、張り紙がしてある。

「いらっしゃいませ？」

六十にもなろうかという、いく分腰が曲がった茶屋の主が愛想笑いを見せて迎えた。

「塩むすび二人前と、お茶をお願いします」

「へい。塩は、濃いめで……？」

それぞれの注文を聞いて、主は店の奥へと引っ込む。やがて、盆に塩むすび四個と、湯呑を載せて出てきた。

「お待ちどおさんで」

長床几の上に、むすびと湯呑が置かれたところで、音乃がすかさず口にする。

「ちょっとお訊きしますが……」

「なんでやしょう？」

「先だって、このあたりで侍同士の斬り合いがございませんでしたか？」

「斬り合いだって？　聞いたこともねえな」

「あの雑木林の中でだったと、聞いたものですから」

「だったら大騒ぎになってるはずだが、誰も何も言ってなかったな。ちょっと待ってな。娘にも聞いてみるから」

茶屋の主が、奥へと入っていったそこに、

「もしかしたら、おかみさん……」

そこに、一つ離れた床几に腰をかけていた客が、音乃に向けて話しかけてきた。

音乃の衣装は地味なものである。律のものだから、仕方がない。源三との道連れを、夫婦と取ったようだ。

「はい、なんでございましょう？」

おかみさんと呼ばれたのは心外であったが、むしろうまく変装ができていると、それなりに音乃は得心をした。

声をかけたのは、近在の農夫らしき男であった。土間に鍬《くわ》を立てかけ、収穫したものを入れる鉄砲笊《てっぽうざる》が置いてある。農作業をする前の、一服といったところであろうか。

「今、ここの主に話してたことだけど……」

「何か、ご存じで？」

「へえ。一昨日の昼下がりだったかなあ。おらが草加の松原に穫れた青菜を運ぼうと、あの林の中に入ったところだった」

音乃と源三は、食い入るような表情で農夫を凝視している。

「林の中に、けもの道みてえな小道があってな。そこから、三人の男が出てきたのを目にしたんだ。小道に入って、用でも足したのかと思ったがそんな様子でもねえ。そこでおらが不思議に思ったのは、三人とも口元から血を垂らしてるんだけど、苦しそうでもねえ。達者な足取りで、草加のほうへと速足で歩いていった。するとだ……」

農夫の話には、まだつづきがありそうだ。話が途絶えたのは、主が店へと顔を出したからだ。

「やっぱり娘も知らねえって、言ってました」

もう、主の話はどうでもよくなった。

「ありがとうございます」

それでも音乃は、礼を言った。

主が奥に引っ込み、農夫の話のつづきとなった。

「おらが、次に三人を見かけたのは、街道の脇を流れる綾瀬川《あやせがわ》の土手で。どうやら、川の水で口を洗ったようだった。綾瀬川の水は、きれいだからなあ」

農夫の話を最後まで聞かずに、音乃と源三は互いにうなずき合った。

茶屋を出てからも、驚きが醒めずしばし無言であった。

「驚きやしたねえ」

源三が、口火を切った。

「三人は、お義父さまに自害と見せかけてたのね。舌を噛んだと見せかけるため、口に紅を溶かした小袋を含んでいたのか」

忍びの者が、相手をはぐらかすためによく使う手だ。

「これで、お義父さまを無実の罪で陥れる策謀であることが分かりました」

「あの農夫に会わなければ、危うく真相が知れずじまいでありやしたね」

ここで、農夫と行き会ったのは、大きな収穫であった。

「ほら、やっぱりよいことがあったでしょ」

「そうでやすねえ」

道を騙されなければ、農夫からは話を聞けなかったであろう。

「あの、旅人のおかげね……」

音乃は、引ける思いを前向きにとらえた。

「でも、その三人を見つけ出さない限り……」

「旦那の無実は、晴らせませんね。相手は、その三人をどこかに隠していやしょうから」

「それだったらそれで、どんな手立てをもちいても相手の口を割らせます」

卑怯な者たちに手段は選ばないと、音乃は憤りを口に出した。三人さえ見つけて捕らえれば、大きな証である。

「江戸に戻ったら、まずはそこからね」

「そういうこって」

源三が、大きくうなずいた。

少し展望が開けてきたと、二人の足取りは軽くなった。

越ヶ谷宿をやり過ごし、粕壁の在に着いたのは正午を四半刻ほど過ぎたころであった。

急ぐとはいえ、四里半の道をずっと歩き詰めというわけにはいかない。

思ったよりも遅くなったが、とりあえずはほっとする。だが、これからが本当の勝負である。粕壁で何も証が得られなければ、辛い結末が待っている。命を賭しても、真相を暴かなくてはならないのだ。

「うっ」

一唸《うな》りして、音乃は臍下《へそした》三寸にある丹田《たんでん》に力を込めた。

まずは、生駒屋と競合した武蔵屋を探さなくてはならない。

一ノ割村《いちのわりむら》というところを過ぎて、粕壁宿の外れへと差しかかった。ここでも音乃たちは、幸先《さいさき》のよさを感じた。

誰にも訊ねることなく、武蔵屋を見つけることができたからだ。

「武蔵屋ってのは、ここじゃねえですか？」

庇に載る金看板に『口入処　武蔵屋』と書かれているのを、源三が指差した。

壁には『人足求む　楽仕事　好報酬』と、庶民には読めないような字で大きく貼り紙がしてある。店構えも大きく、粕壁ではたった一軒の口入屋であった。

「博労と聞いてたけど、口入屋の店は別なのですね」

「ずいぶんと、手広くやっているようで」

大戸は開かれ、間口三間にわたり店の中が見渡せる。糧《かて》にありつこうと、仕事を求める客が数人見受けられた。

音乃と源三は、真っ向から切り込もうと店の中へと入った。

「ご主人の、元五郎《げんごろう》さんはおられますかい？」

手代らしき男に、源三が訊いた。元五郎という名は、生駒屋の時蔵から聞いている。

旅姿の男女に、手代は怪訝そうな表情を見せた。

「親方に、どんな用事で？」

ここは音乃の出番だと、姉さん被りの手拭いを取って音乃は手代に向いた。

「以前、ご主人さんにお世話になったことがありまして。粕壁に来たついでと言ってはなんですが、そのことでお礼を言いたくて……」

「左様でしたか？　でしたら親方はここにはおりません。この先五町ほど行った、小《こ》渕《ぶち》村ってところに馬場がありますから、そちらにおいでになってください」

宿場内を通らず、古利根川を渡って北に向かえばすぐに分かると、手代は丁寧に教えてくれた。

馬場は、すぐに分かった。広い敷地に、馬が数十頭放たれている。奉公人たちが数人、馬の世話をしている姿が見えた。

厩舎の近くに、練塀《ねりべえ》に囲まれた大きな屋敷がある。博労武蔵屋の本家であった。

本家の門は開いている。

「源三さん、入りましょ」

もう、回り道をしている暇はない。主元五郎と会って、直に問い質《ただ》すことに決めている。生駒屋の時蔵が言ったことが正しいかどうかを確かめるためであった。

五

門から母屋の戸口まで、十間《けん》ほどある。広い敷地に、母屋の建坪は百坪もあろうか。

「ごめんください……」

遣戸を開けると、音乃が奥に声を飛ばした。

農家特有の、広い土間がとられている。農具などが散乱したその奥には竈《へっつい》があり、炊事場になっている。

「どちらさんで？」

四十をいくらか過ぎたあたりの、上背が六尺もあるような大男が、土間の奥から姿を現した。

背丈が異なるので、音乃の顔が上に向く。

「ご主人の、元五郎さんでございましょうか？」

主にしては、着ているものが太縞の、唐桟織《とうざんおり》の小袖である。容姿からくる無骨さは商人というよりも、遊び人のような無頼の臭いを感じさせる男であった。

「いや、違うが……」

「でしたら、元五郎さんはおられますでしょうか？」

「生憎《あいにく》と、留守だが……」

「そう、困ったですねえ。せっかく訪ねてまいりましたのに」

音乃が、眉根を寄せて困惑した表情を作りながら、口入屋の手代に告げたのと同じ事情を語った。

音乃の言葉に、大男は何も気に留めてなさそうだ。表情を変えずに話を聞いている。

「いつごろ、お戻りでしょうか？」

「今日は戻りませんぜ。帰ってくるのは、明日の夕方だと言ってたな」

ここで、丸一日は食われることになる。

「どうなさいやす、音乃さん？」

もし、元五郎が関わりなければ、探索は振り出しに戻ってしまう。無駄なときを過ごすだけだと、源三はそれを気にして音乃に訊いた。

「もちろん、元五郎さんを待ちます」

音乃の、確信こもる声音が返った。

「今夜は、粕壁宿の旅籠に宿を取りましょ。もちろん、木賃宿でないところに」

この際になって、音乃は宿のことを気にした。

「それでは、また出直させていただきます。ところで、元五郎さんのご家族は？」

「どうして、そんなことを訊くんで？」

「おられましたら、奥様にもお礼をと……」

「奥さんなら、いねえよ。旦那は独り身を信条としているものだからな。その代わり、あっちこっちに女を……おっといけねえ、こいつは余計なことを言っちまった」

「左様でございましたか。今のことは、口を噤《つぐ》んでおきますのでご安心ください」

音乃も、含み笑いを浮かべて返す。

「そうしてもらうと、助かるぜ」

男は苦笑いを浮かべ、初めて表情を変えた。音乃に、気を許したようだ。

「そうなると、こんな大きな家にお一人で……？」

「ああ、そうだ。もっとも、夜は馬の世話をする奉公人たちが住み込んでいるがな」

「あなたさんもですか？」

「ああ。おれは、ここの居候《いそうろう》ってところか。その代わり、普段は旦那の手足となって、働いている。それと、飯の賄《まかない》をする娘が一人いる」

「分かりました。それでは、またうかがわせていただきます。どうもお忙しいところ、おじゃましました。源三さん、行きましょ」

「ええ……」

あっさりと引き上げる音乃に、源三のもどかしさが語調に表れた。

音乃が一礼をして、立ち去ろうとするそこに、十八くらいになる娘が、戸口の敷居を跨いで入ってきた。飯の賄をする女と、男は言っていた。

「こんにちは……」

音乃が会釈をしても、娘は表情一つ変えない。挨拶もなく、脇を通り過ぎる。音乃は娘の態度を訝《いぶか》しく思うも、その場はやり過ごした。

「おい、お光《みつ》。飯の支度をしとけ」

「あーい、分かった」

音乃が敷居を跨ごうとしたところで、男と娘のやり取りが聞こえた。すると、音乃は体を反転させると、再び母屋の中へと入っていった。

「そうそう、一つお訊きするのを忘れてました」

まだ、土間に立つ男に音乃は声をかけた。

「なんでえ、帰らなかったんかい？」

「ごめんなさい。もう一言お聞かせください」

「どんなことでえ？」

「あなたさんは、以前、江戸に住んでいたことはありませんか？」

「どうして、そんなことを訊くんで？」

「お言葉に、江戸の匂いが……それはともかく、最近になって、江戸のほうにいらしたことは……？」

「い、いや行ったことはねえ」

いきなり訊かれ、男の首が激しく振られた。

「そうでしたか。ならば、よろしいのですが。そうだ、もう一つお訊きしたかったのを思い出しました。つかぬことをうかがいますが……」

「なんでえ？」

明らかに、男の顔が不快な表情となっている。

「伊助さんという名のお方を、ご存じですか？」

男の隙をつくように、音乃が問うた。

「いっ、いや、知らねえ。知るわけねえだろ、そんな男」

いきなり問われ、男の表情が、うろたえたものに変わった。

「そうですか。背中に蛇の彫り物をした男の方なんですが……いえ、これは念のためどなたにでもお訊ねしていることでして」

「知らねえよ、蝮の彫り物なんかした男……」

「えっ？」

音乃の顔色が変わり、すかさずに問う。

「なぜ、蝮とご存じで？」

「………」

畳みかけるも、男の返事はない。

「ちょっと、詳しい話をお聞かせ願えないかしら」

音乃の口調は、終始穏やかである。源三は、男を逃がしはしないと、戸口に立って身構えている。

「うるせえ！　俺は何も知らねえよ」

怒号を発すると、男は体の向きを変えて駆け出す。逃げようとするのを源三が立ち塞がった。

「邪魔するんじゃねえ、どきやがれ」

源三が両手を広げて阻止するのを、大柄の体躯がぶちかます。さすが屈強な源三でも敵《かな》わず、二間ほど弾き飛ばされた。遮る者がいなくなり、男は脱兎のごとく駆け出す。

そうはさせじと、音乃は懐奥にしまってある十手を抜くと、逃げ去ろうとする男の背中に向けて投げつけた。

的《まと》は大きい。

鋼鉄でできた十手の先端が、男の背中を一撃でとらえた。男が土間へとうずくまる。

源三が、男の腕を捕らえ立ち上がらせたところであった。

物音に察知してか、奥の炊事場から娘が出てきた。

「猪ノ吉《いのきち》さん、何かあったの？」

呆けたような娘の声音で、男の名は知れた。

「いや、なんでもないよ。娘さんは、奥でめしでも炊いてな」

優しい口調で説いたのは、源三であった。

「うん、分かった」

なんの疑いもみせず、娘は返す。そこに隙ができたか、源三の腕が一瞬緩んだ。

猪ノ吉が、源三の腕を振りほどいて走り去る。その逃げ足は、速かった。

「待ちやがれ！」

源三が追うも、すぐにあきらめ母屋へと戻ってきた。

「外につないでいた、馬に乗って逃げましたぜ」

「それじゃ、追いかけても無理ね」

「せっかく証人を捕まえたってのに、いやに落ち着いてやすね」

「猪ノ吉って男がいなくなっても、これで武蔵屋が関わりあるってことが知れました。ひとまずここは引き上げて、粕壁に宿でも取りましょ。もう、うろたえたところで仕方ないです。明日になって、元五郎を締め上げればいいことですから」

音乃が母屋から出ようとしたところで、ふと背中に視線を感じた。振り向くと、お光という娘の目が向いている。音乃がにこりと笑みを向けると、お光は表情一つ変えずに、奥へと引っ込んでいった。

「どうやら、お気の毒な娘さんのようね」

「ええ、そんな感じでしたねえ」

お光を問い質しても詮《せん》ない。音乃と源三は、その場をあとにした。


粕壁の旅籠では、二人は分けて部屋を取った。

「いいんですかい、音乃さん。旅籠なんかでゆっくりしていて」

「今日は疲れたから、ゆっくり休みましょうよ。今さらあたふたしたって、はじまらないし。ここは、果報は寝て待てってところ」

「ずいぶんと、落ち着いてられてよろしいですねえ」

「焦りは、すべてを失うだけ。お風呂にでも入って、今夜はおいしいものでもいただきましょう」

――猪ノ吉に逃げられ、もっと、慌ててもいいはずだが。

この余裕はどこから来ているのだと、源三の首が小さく傾《かし》いだ。

食事も済ませ、部屋を分かれてくつろぐ宵のことである。暮六ツ《くれ》も、半刻ほど経ったころか。

　宿に、音乃を訪ねて来た者があった。

「お光さん……」

　その顔を見て、音乃は仰天をする。

「どうして、ここを……？」

「粕壁に宿を取ると聞きまして、一軒一軒探しました。ここにおられてよかったです」

　音乃がさらに驚いたのは、お光の受け答えである。昼間見たときとは、まったくの別人である。

「音乃さんが言っていた、果報ってのはこのことですかい？」

「どうやら、そのようね」

　音乃の部屋で、源三も交えた。

「猪ノ吉さんのいるところを、知ってます」

　いきなりの、お光の切り出しであった。

「なんですって？」

「ご一緒に来ていただけませんか？」

願ってもないお光の話に、むしろ音乃と源三の気持ちは警戒が先に立った。一瞬、罠《わな》かと思うも、お光の表情に疑う余地はない。たとえ罠だとしても、それならそれで、夏の虫となるのもよいと、音乃は源三の顔を見やった。源三が、小さくうなずき返す。

次に出るお光の言葉が、さらに音乃たちを仰天させる。

「猪ノ吉さんを助けてやってほしいのです」

「えっ、助けてやってってどういうこと？」

「わけは言えませんが。そんなんで、一緒に来てください……」

「もちろん、行きます。それで、どちらに……？」

「ついてきて、いただければ……」

宿の浴衣《ゆかた》から、急いで外着に着替えると、お光のあとに従い猪ノ吉がいる隠れ家へと向かった。

お光を疑うわけではないが、音乃と源三は道中を警戒して歩いた。

六

古利根川の川原に、納屋のような小屋が建っている。

ところどころ、壁が剝がれ、そこからぼんやりとした明かりが漏れている。

「やはり、ここにいました」

「どうして、分かるの？」

「こんなところに、普段は人が住んでないです。明かりがついているとしたら、猪ノ吉さんしかいません。あの人は、何かあるとここに……」

「そういうこと」

得心するような、訝しがるような音乃の返事であった。

お光は、きしむ音を立てて遣戸を開けた。

「猪ノ吉さん、いるの？」

「誰でえ、なんだお光か。今時分、なんでこんなところに来た。ここには、絶対に来ちゃいけねえと……」

言ったまま、猪ノ吉の言葉が止まった。お光のうしろに立つ、音乃と源三の姿を目にしたからからだ。

「おめえらは……お光、どうしてこいつらを？」

「このお方たちは、いい人と見ました。ねえ、猪ノ吉さん……」

「お光、おまえ余計なことをしやがったな」

殺意のこもる凄まじい形相でお光を睨むと、猪ノ吉が立ち上がった。六尺の上背は、天井の梁《はり》にまでも届くほどだ。猪ノ吉の手には、鞘から抜かれた匕首が握られている。

「また、逃げる気ね。お光ちゃんは、うしろに下がっていて」

音乃が戸口に立って、逃げ口を塞いだ。その後ろには、源三が控えている。

「おめえらは、いったい誰なんでい？」

「あんたを迎えに来た、閻魔《えんま》の使い。一緒に江戸まで行ってもらうわ」

「なんだと、しゃらくせえ！」

狭い小屋は、四歩も歩くと外へと出る。猪ノ吉は、着物の裾を翻《ひるがえ》し、幾分前かがみとなって戸口へと向かってきた。

「そこをどかねえと、ぶっ殺すぞ」

勢いをつけ戸口を塞ぐ音乃を弾き飛ばし、逃げようという魂胆《こんたん》だ。匕首の鋒《きつさき》が向いているも音乃は動ぜず、猪ノ吉の目を見据える。手を伸ばせば、匕首が届く間合いとなった。

「これでも、喰らいやがれ」

猪ノ吉が、音乃の胸元めがけて匕首を突き出した。音乃は身を捻ると、胸元二寸先を匕首が通り過ぎ、猪ノ吉の体がつづく。その脇腹に向け、正拳《せいけん》を突くと腰骨に当たった。

「痛いっ……」

腰骨は、音乃の拳《こぶし》に響いた。

「昼間はぶっ飛ばされたが、今度はそうはいかねえ」

音乃のうしろには、源三が控える。逃げようとする猪ノ吉の向こう脛《ずね》を、源三は思いっきり蹴りやった。勢い堪らず猪ノ吉は、もんどりうって川原の草むらに仰向けとなった。

「もう、逃げられはしないから、観念しな」

懐から十手を抜いた音乃が、心棒の先を猪ノ吉の首根っこにあてて言い含めたそこに、

「音乃さん、手荒なことはしないで」

お光は腰を落とすと十手の心棒を握り、猪ノ吉を庇った。

――さっき、猪ノ吉さんを助けてと言っていた。

お光が猪ノ吉の居どころを報せたのは、恨みからくるものではない。

「どうやら、言い知れぬ事情がおありのようだね。猪ノ吉さんとやら、小屋の中に入って話を聞かせてもらおうかしら」

うな垂《だ》れる猪ノ吉に向けて、音乃が説いた。

「猪ノ吉さん、お願い」

「……お光に言われちゃ、しょうがねえか」

お光の嘆願に、猪ノ吉がいとも簡単に折れたのを、このときの音乃は、只々理解に苦しむばかりであった。

隙間風が入る小屋の中で、音乃と猪ノ吉は向き合った。それぞれの脇に、源三とお光が座る。

「それで、どうしようってんだい？」

「猪ノ吉さん、まずはこちらの訊くことに答えていただけないかしら？」

「ああ……」

観念した様子で、猪ノ吉は小さくうなずく。

「もう一度訊きますが、伊助さんというお方をご存じですね？」

声は発せず、猪ノ吉のうなずきがあった。

「やはり。ならば……」

猪ノ吉の膝元に、音乃は突きつけるものがあった。

「まずは、これに見覚えがないかい?」

藤元に置いたのは、丈一郎が拾った紙入れであった。

「これは!」

猪ノ吉が、仰天の表情を見せた。

「誰のものか、どうやらご存じのようですね?」

「ああ……」

「この中身のことだけど、猪ノ吉さんは、以前からずっともっていた。というよりも、伊助さんから脅し取ったものではないのですか?」

「…………」

声も出さなければ、首も動かさない。どちらともいえぬ、猪ノ吉の態度であった。

「答えたくなければそれでいいです。そのままわたしの話を聞いててください。この中には、書き付けが入ってます。そこに書かれていたものを元にして、見積りを作った。そして白河藩阿部様の参勤交代の際の競札で、人足と荷馬の仕事を武蔵屋は落札した。生駒屋さんよりも、十両安い値段で……」

うな垂れて聞いていた猪ノ吉の顔が上を向いた。

「どうして、そこまで知ってる?」

独り言のような音乃の問い詰めに、明らかに猪ノ吉は動揺している。

「ですから、すべて調べてあると。粕壁に来たのは、確たる証拠をつかむためです」

かまわず音乃は、話をつづける。

「どういう理由《わけ》で霊巌島の稲荷橋にいたか知りませんが、十五日の満月の晩、猪ノ吉さんはこれを落としませんでしたか？」

「えっ？」

じっと見据える音乃の目差しに、大男の表情に怯えが走った。

「そのとき猪ノ吉さんは、誰かとぶつかったでしょう。覚えていませんか？」

「…………」

あんぐりと口を開け、猪ノ吉は言葉を失っている。さらに音乃は畳みかける。

「紙入れを落としたことに気づき、その男が拾ったのを見ていた。そしてあとを尾《つ》け、拾った男の家をたしかめた」

勘を駆使しての、音乃の誘導であった。

「猪ノ吉さんは、その男の名を知っているんでしょ？」

確たる証拠をつかむため、その名を猪ノ吉の口から吐かせたかった。

「黙っていたって、みんなお見通しなのです。ですから、猪ノ吉さんの口からお話ししていただけないかしら」

「猪ノ吉さん、音乃さんの言うことを聞いて」

お光が言葉を添えると、ようやく猪ノ吉の重い口が開く。

なぜにこれほどお光に従順なのか、音乃と源三は不思議そうな顔をして見合った。

「巽丈一郎って男で……」

「やはり知ってましたのね。それをどこの誰に報せました？」

「そいつだけは、言えねえ。勘弁してくれ」

「分かりました。言いたくなければ結構です。ところで、奥田義兵衛って人を知ってますか？」

「ああ……」

「その人、十三日の昼だか晩だかに、武蔵屋さんに来ませんでしたか？」

「ああ、来たよ。本家のほうに。夕七ツの鐘が鳴ったころだった」

初めて、言葉らしい言葉でもって猪ノ吉は答えた。

「そのとき本家には、主と猪ノ吉さん以外に誰がいて、奥田様の相手をしたのですか？」

「そいつも言えねえ」

「まあいいです。おおよそこちらで、分かっておりますから」

その名が知れれば、ほとんど真相を解きほぐしたようなものだ。だが、音乃はここでは深追いするの止めた。これは、元五郎の口から吐かせようと思っていたからだ。

一つだけ、音乃には懸念があった。

真相を暴いたあとのことである。確たる証拠を評定所にもたらすにはどうしたらよいか。証人として元五郎と猪ノ吉を縛り、江戸に連れていこうか。だが、音乃と源三だけでは心もとない。もっとよい方法がないかと、音乃は思案する。

――そんなことを考える前に、まだまだ知らないことがあった。

そっちを調べるのが先だと、音乃は気持ちを元に戻した。

七

猪ノ吉から、もう一つ大事なことを聞いておかなくてはならない。

「伊助さんは、どうして川に飛び込んだのだろうね？」

単刀直入に、音乃は鋭い問いを浴びせた。

「いや、知らねえ。そんなのは、伊助さんの勝手だろうが」

猪ノ吉の言っていることを、このとき音乃は嘘とはっきりと見抜いた。だが、ここで追及することはしない。

「ところで今、伊助さんと言いましたね。いったい、どういうことです？」

親しげな呼び方に、音乃は疑念をもった。

「伊助さんとは、古い知り合いでな」

「そんなに、以前から？」

「ああ、二人とも二十歳《はたち》前の餓鬼《がき》のころからだ。そのころは、互いに悪さばかりしていた」

音乃が問わなくても、猪ノ吉のほうから語り出す。

「俺は主元五郎の命《めい》で……」

猪ノ吉が、真相を語りはじめた。

「二月《ふた》ほど前のことだ。俺は江戸に出て、競合する生駒屋を調べていた。すると、そこにいる番頭の顔を見て、驚いたのなんの、まさか伊助さんがいるとは思わなかった。ずいぶんと立派な形《なり》になったが、齢《とし》をとっても面《つら》は覚えている。昔は俺の兄貴分だった男だからな。三十年ぶりの再会だった」

「その伊助さんは、元はこの武蔵屋にいたってことは知らなかったのですね？」

「ああ。俺は、伊助さんが武蔵屋を出たあとここに来たからな。十年も前に、口入れ斡旋の腕を買われ、武蔵屋から生駒屋に移ったそうだ。そのことは、伊助さんから直《じか》に話を聞いた」

　これまでは武蔵屋と生駒屋は、仕事の上では競合することはなかった。だが、白河藩阿部家の道中差配役から話をもち込まれ、二者の競札となったのが、一連の出来事の発端となった。

　生駒屋を推挙したのは、音乃の父である奥田義兵衛。一方の武蔵屋に取り入っていた者こそ、すべての鍵を握る男と音乃は踏んでいる。

――父上と、対立関係にある男。

　音乃はそれを、大目付笠間源太夫の息がかかる目付の浦谷永助と読んでいる。

　その名を、猪ノ吉の口から直に聞きたかったが、それだけは口にしない。

「その紙入れなんだが……」

「えっ、今なんか言ったかい？」

　迂闊にも、音乃の頭の中は別のほうに向いていた。

「紙入れなんだが、そいつは俺のものなんで」

「猪ノ吉さんの……？」

「ああ。紙入れは俺のものだが、中身の書き付けは伊助さんから買ったものだ」

「買ったって、どういうことです？」

「商売敵《がたき》にとっちゃ、のどから手が出るほど欲しいもんだ。相手の手の内が知れたら、こんなありがてえことはねえからな」

　猪ノ吉の話は、音乃にも得心できた。

　自分で猪ノ吉は居候だと言っていたが、そうではない。商店の隠密というか、忍びの者なのであろう。遊び人風の形《なり》も、商売敵を欺《あざむ》くためのものだと音乃には思えた。

「俺は懐かしさのあまり、伊助さんに声をかけてしまった。商売敵ってことも忘れてな。昔話に華を咲かせたが、いつの間にか話は商いのことになっていった。そこで……」

　武蔵屋と生駒屋が、白河藩の人夫と馬出しの斡旋で、競合しているのを伊助は知った。互いが相対する立場にあることを知るも、伊助に驚きはなかったという。

「実は、生駒屋を裏切ったのは、伊助さんだった」

　意を決したように、猪ノ吉が言った。

「なんですって！　いったいどういうこと？」

「そのころ伊助さんは金に困っていてな、三十両で書き付けを買ってくれと言うんで。見ると、生駒屋が出した見積もりが書いてある。下に書かれているのは、そのときどきにかかる費用のことだ」

漠然とは分かっていたものの、これで書き付けの意味がすべて知れた。

「武蔵屋にとっちゃ、三十両は安い買いもんだ。その三日後、生駒屋から離れたあの稲荷橋の近くで落ち合った。俺は親方から預かった三十両を渡し、書き付けを受け取った。おかげで落札はできたけど、それがあとを引いた」

猪ノ吉は、ため息ともつかぬ大きな息を吐いた。その仕草は、気持ちを落ち着かせているようにも見えた。今しがたまで強張っていた顔も、柔和なものとなってきている。

「一月ほど前、奥田義兵衛っていう、道中方の組頭ってのが江戸から来て、根掘り葉掘り訊きやがる。白河藩の競札のことで、不正があったとな。もちろんこっちは、知らぬ存ぜぬと突っ張る。そのことを親方の元五郎は、以前から世話になっているお方に訴えた。なんとかうるさい蠅《はえ》を追っ払えないかとな」

「それってのは、浦谷って名のお人かい？」

「いや違うな。誰だい、その浦谷ってのは？」

猪ノ吉は、浦谷のことを知らない。

音乃の勘は外れていた。

「だったら、その人の名ってのは？　ここまで話したんだ、言っちまいな」

ためらう猪ノ吉を、音乃は声音を荒くして一押しする。

「久保《くぼ》ってお人で、名までは知らねえ」

「……久保」

初めて聞く名であった。てっきり浦谷だと思っていた音乃は、肩透かしを喰らう思いとなった。だが、すぐに得心をする。幕府の目付ともあろう者が、口入屋同士の諍《いさか》いに口を出すことはなかろうと。

「久保ってのは、何をしている人なんだい？」

「なんだか、勘定奉行配下の道中方組頭のようで」

義兵衛とは、同じ役職の者である。

──ならば、大いにあり得る。どうやら、糸口が見つかったようである。久保という道中方組頭が、鍵を握っている。

あとは、その線から調べれば分かることだ。

「……これを根拠にして、老中青山一派を落としこむ策謀が練られたのね」

音乃の、小さな呟きであった。

もう一つだけ、音乃は猪ノ吉に訊きたいことがあった。

「もう一度訊くけど、伊助さんはどうして死んだのだろうね？」

「書き付けを売ったことが主の時蔵さんにばれたみてえで、急いで書き付けを返してくれといった書簡が俺のところに飛脚便で届いた。この月の十二日のことだ」

義兵衛が捕らえられた前日のことである。

「その翌日、道中方の奥田という人が来て……」

「そのことは、いいわ。まずは、伊助さんのことを話して」

義兵衛が捕らえられた詳しい経緯は、猪ノ吉ではなく元五郎から直に聞き出そうと、音乃はここでは問わぬことにした。

「証人として俺も江戸に連れていかれ、十五日の晩に稲荷橋で落ち合おうと他人《ひと》に頼んで、伊助さんに託《ことづ》けを渡してもらった。あの晩は名月で、あれほどたくさん人が出ているとは知らなかった。その場で、俺は……」

猪ノ吉の言葉が途絶えると、がくりと頭が下がった。うな垂れた目から、一滴の涙が零《こぼ》れ落ちた。

「伊助さんには、すまねえことをしちまった。昔はあんだけ世話になったってのに……」

「稲荷橋の上で、何があったんだい？」

「逆におれは、伊助さんに脅しをかけちまった。五十両出せば書き付けを返してやるってな」

「なんて、阿漕《あこぎ》な！」

呆《あき》れて、音乃の開いた口が塞がらない。

「三つ子の魂百までってのは、本当なんだな。昔の癖が出ちまった。素直に返しといてやればよかったものを……」

苦渋のこもる、猪ノ吉の声音であった。

「だけど、そのくらいのことで男が自害をしますかね？　まだ、何か隠してないかい」

「いや……」

額に、薄《うっす》ら汗を掻いて猪ノ吉は拒む。その様相は、明らかにうろたえている。

「まあ、いいです。そのとき、なんで逃げ出したんだい？」

「匕首を見せつけて、伊助さんは俺を殺そうとしやがった。周りにいた連中はみんな、空の満月か川面の満月かに顔が向いていて、誰も気づきはしねえ。俺は咄嗟に人混みをかき分け逃げ出した」

「伊助さんを、川の中に放り込んでかい？」

驚く顔を向けたのは、猪ノ吉の脇に座るお光であった。

「えっ？」

猪ノ吉の横顔を見据えて言うお光に、音乃と源三が驚く番であった。

「お父っつぁん、人を殺したの？」

――お父っつぁんだって？

二人の関わりが父娘だったとは、ここにきて初めて知った。

「殺すつもりはなかったが、人混みの中ではああするより仕方なかった。繰り出す七首を避け、小柄な伊助さんの体を持ち上げると川に放り込んだ。伊助さんは、昔から泳ぎが達者だったのでな、あのくれえの広さの川ならすぐに岸まで泳ぎつけると思った。そんなんで、まさか死ぬとは……そうか、あんとき伊助さんは、酔っぱらってたな」

酒の酔いが、心の臓を麻痺させたのだろうと、多少医学の知識がある音乃は取った。

「娘さんの前で、よく話してくれたねえ。ならば、わたしのことも話さないといけないね」

もっと、音乃の追及があると思っていたか、猪ノ吉とお光の当惑した表情が向いた。

「巽丈一郎の家は知ったけど、わたしのことは知らなかったかい？」

「知らねえけど、どういうことでい？」

「ならば、教えてあげる。巽丈一郎ってのはあたしの義理の父親で、奥田義兵衛ってのは実の父親さ。二人とも、あと数日で打ち首にされようとしている」

「そいつは、本当かい？」

「嘘を言ってどうします。そんなんで、こっちも焦《あせ》ってるのさ」

音乃の話に、驚いた顔をしているのは娘のお光であった。

「お父っつぁん、こちらも本当のことを言ってやって。言えなかったら、あたしから話す」

「お光は黙ってろ。ああ、俺から言う」

これだけは言いたくなかったと、渋々猪ノ吉が語り出す。

「十年前、武蔵屋に、俺と娘は一緒に雇われた。そのとき娘はまだ八つだったが、年が経つにつれ父親の俺さえほれぼれするような、いい女に育ってきた。そして一年ほど前、俺が留守のとき……」

無念そうな声音となって、猪ノ吉は口ごもる。音乃と源三は、黙ってその先の言葉を待った。

「元五郎がいやがる娘を無理矢理手籠《てご》めに……俺が戻ってきたとき、娘は土間にうつ伏せ気を失い、元五郎は肌蹴《はだけ》た着物の身づくろいをしてやがった。お光は、そのときからおかしくなった振りをしていた。ああ、元五郎がおっかなくてな」

「どうしてそのとき、元五郎を責め立てなかったのだい？」

「何ができるってものではねえ。この掘っ建て小屋は、俺たちが昔住んでたところだ。こんな貧乏暮らしの俺を、娘共々引き取ってくれた。そんな恩義のある親方に、盾《たて》を突くことはできやしねえ。また、突いたところで、葬《ほうむ》られるだけだ。博労の手下ってのは荒くれが多いからな」

「それで、泣き寝入りをしてたってのかい。それじゃ、お光さんはいったいどうなるってのさ？　娘さんよりも親方のほうが大事だってのかい」

「いや、そうじゃねえ……俺たち二人の命も大事だ。だが、これはお光の無念だけじゃねえ」

「あたしのおっ母さんも、元五郎は……それがために自害して……」

「なんですって！」

「いつしか、寝首を掻こうと……」

「それが、今ってことじゃないの。そうでしょ、お父っつぁん」

お光の、苦渋がこもる打ち明け話に父娘の口惜しさを知った。

元五郎というのは、とんでもない奴だった。音乃の怒りは、元五郎一本に絞られた。

こめかみに、青筋を立てて言う。

「だったら、あたしがお光さんとおっ母さんの仇《かたき》を討ってやる。その元五郎って奴、ますます許せなくなった。地獄の閻魔様に引き渡してやろうじゃないか」

音乃が、憤りを口にした。


翌日の夕――。

音乃と源三、そして猪ノ吉は母屋の一部屋で元五郎の帰りを待っていた。

夕七ツを報せる鐘が鳴り終わり、四半刻ほど過ぎたあたりであった。

廊下を歩いてくる、数人の足音がする。

「猪ノ吉は、いねえか？」

大声が、家内に響き渡った。

「親方が帰ってきやがった」

「ここにいると、伝えてくれないかい」

「ああ……」

猪ノ吉は立ち上がると、障子戸を開けた。

「ここにおりやすぜ」

「そんなところで、何してやがる？」

咽喉《のど》もとに何かひっかかっていそうな、だみ声が返った。

「へい……」

口ごもる猪ノ吉に、

「何かあったのか？」

言いながら、部屋へと入ってきた。そこで、音乃と源三が座っているのを目にし、怪訝そうな顔を見せた。

「誰でえ、こいつらは？」

でっぷりと肥えた体に、羽織を被せている。齢は四十代の半ばであろうか、博労の親方である貫禄が感じられた。

手に長脇差をもっているところは、名字帯刀《みようじたいとう》を許されているのだろう。渡世人とは、一線を画しているようだが性根は無頼である。

連れて歩く手下は三人であった。

「お邪魔してます」

音乃が小さく頭を下げて、会釈を送った。

「おたくが、元五郎さんでございますか？」

「そうだが、おめえらは……？」

「お帰りをお待ちしておりました。あたしは江戸からまいりました、音乃と申します。これは、供の源三……」

源三も倣って、小さく頭をさげる。

「江戸から、なんの用で来たい？」

音乃の薄く笑みを浮かべた表情に、元五郎は気を許すかのように半間も空かさず音乃の目の前に座った。元五郎の好色そうな目を、音乃は一瞬そらした。昨夜お光から聞いた話を思い浮かべて、不快さをあらわにする。

「そんなにお近くに寄らなくても、お話はできます」

「そうかい、すまなかったな」

苦笑いを浮かべて、元五郎は座ったまま畳一畳ほどの間を空けた。背後には、猪ノ吉と三人の手下を控えさせている。

八

　ここで、音乃の口調ががらりと変わる。

「悠長に話してる暇がないんで、単刀直入に訊くけど……」

「ほう。訊きてえことって、なんでえ？」

「このたびの、白河藩阿部様の参勤交代での人馬斡旋では、ずいぶんと阿漕なことをなさったようで……」

「なんだと？」

「そいつを詳しく聞きたくて、うかがったんですがねえ」

「いってえ、てめえらは誰なんで？」

　元五郎の怒りを帯びた口調に、背後に控える三人が腰を浮かせた。みな、懐に手を入れて親方の命《めい》が下るのを待つかのようだ。源三も、片膝を立てて身構えた。そのまま動かず正座をしたままなのは、音乃と猪ノ吉であった。

「あんたのおかげで、二人の命が危険に晒されているのさ。そいつを救おうと思って、ここに来たんだ。さあ、あんたの口から本当のことをしゃべってもらおうかい」

「何も話すことなんかねえ。痛え目に遭いたくなかったら、とっととここから失《う》せやがれ」

元五郎は怒りの形相となった。猪首《いくび》が真っ赤になっている。

「とんでもないね、失せるなんて。今のあんたの言葉をそのまま返してやる。話さないってのなら、痛い目に遭うのはそっちのほうだ」

片膝を立て、音乃は懐から十手を抜いた。

「こいつで、ぶちのめしてやる」

「……そっくりだぜ」

地獄の閻魔が乗り移ったかのような音乃の形相に、源三のほうが怯えを見せた。

「女だてらに、十手を抜きやがった。こいつらはいってえ……いや、そんなことはどうでもいい」

元五郎は、脇に置いてある黒鞘の長脇差をつかんだ。

「おい、こいつらを殺《や》っちめえ」

号令と共に、手下の三人が立ち上がると懐から匕首を抜いた。少し遅れて、猪ノ吉も立った。

重そうな体をもて余すかのように、元五郎も立ち上がる。

音乃と源三は動ぜず、まだ腰を落としたままだ。

元五郎と手下三人の立ち位置が入れ替わった。主を庇うかのように、三人が前に出る。

「おい、猪ノ吉はどしたい？」

動こうともしない猪ノ吉に、元五郎が睨みを利かせた。

「その人はもう、あんたの味方ではないよ。これまでにみんな話してくれたからね」

音乃が顔を上げて言う。

「なんだと！」

「あとは、あんたから聞こうと思って待ってたのさ。どうやら、おとなしく話を聞かせてくれそうもないね」

言いながら、音乃はゆっくりと腰を上げた。源三も同時に立ち上がる。

「御託はいらねえ、いいからやっちめえ」

元五郎が長脇差を抜いて、手下をけしかけた。

「この、尼《あま》……」

音乃の腹を目がけて、手下の一人から匕首が突き出された。

「おっと……」

難なく躱《かわ》した音乃は、十手の心棒で相手の手首を打ち放つ。

ガツンとした手ごたえに匕首は落ち、手首の骨が砕けたか、男は畳の上でのた打ち回っている。

「そんな、鈍《なまく》らな腕じゃ、あたしを殺せないね」

勢い、音乃は返す十手の先端でもう一人の腹を突いた。

グズッとした、胃の腑を突きさす感触があった。男はもんどり打って転がると、隣の部屋とを仕切る襖を突き破った。

残る手下の一人が、源三を襲った。

源三は、素手で応戦する。

匕首を突き出す相手の手首を押さえ、逆手に捻った。

「ううーぅ……」

関節を締め上げられ、男は苦痛の表情で呻き声を上げた。

「匕首を放さねえと、腕が引きちぎれるぜ」

源三がさらに力を加えると、男の手から匕首が畳の上へと落ちた。

「てめえも、向こうですっこんでやがれ」

手を離すと同時に、源三は男の腰に蹴りを入れた。

三間ほどぶっ飛ぶと、男は柱の角に頭をぶつけそのまま気を失った。

その一瞬の出来事を目にし、元五郎は慄《おのの》く表情となった。

音乃のもつ十手の先端が、元五郎の鼻先に向いた。

「さあ、ぶちのめしてやるから、あんたもかかってきな」

「うるせえ」

元五郎の長脇差の刃が、傍《かたわ》らに立つ猪ノ吉に向けられた。

「これまでの恩を忘れやがって。てめえなんぞ……」

「俺だって親方には、どれだけ恨みをもってるかしれねえ。よくも、かかあと娘を……」

「なんでえ、知ってやがったんかい。あんなかかあと娘の一人や二人……てめえもこうしてくれる」

言うが早いか、元五郎は猪ノ吉のどてっ腹に向けて突きを放った。

だが、鋒は猪ノ吉には届かない。

「危ない！」

猪ノ吉の腹をえぐる既《すんで》で、音乃の十手が元五郎の長脇差の棟を打ったからだ。

手が痺れたか、元五郎は握る長脇差を離した。

音乃は十手を返し、心棒でもって元五郎の太った脇腹をぶち抜く。苦しげな呻き声を上げて、元五郎が前のめりに倒れた。その背中に向けて、

「大事な生き証人なんでね、殺しはしないさ」

音乃は言い放った。

大した傷ではない。しばらくすれば痛みも遠のいてくる。

「さあ、あんたからも話してもらおうか」

元五郎の回復を待って、音乃が話しかけた。

「十三日の夕、幕府道中方の組頭で奥田義兵衛という人がここに来ただろうけど、そんときのことを詳しく聞かせておくれ」

「知らねえよ、そんなこと」

「白《しら》を切るんかい？　そんならそれでいいさ。どうせ割らない口なら、死んだところでおんなじさ」

音乃は十手を上段に構えると、間髪を容れず元五郎の眉間に向けて振り下ろした。

「わっ、分かった」

心棒が、眉間の一寸手前でピタリと止まる。

充分な脅しとなった。

「どうやら、話したくなったらしいね。そうでなかったら、心棒はそのまま振り下ろされて眉間をかち割っていたよ」

元五郎に抗《あらが》う様子は失せている。そして、すべての経緯が打ち明けられた。

幕府の誰がどう絡んでいるかが明らかになり、多少は名が異なるものの、それは大まか音乃が憶測していたことと同じであった。

音乃に元五郎を捕まえる権限はない。ただし、確たる証は取り付けなくてはならない。

「ここに、一筆書いてもらおうか」

源三がもつ振り分け荷物の中から矢立と草紙紙を取り出す。猪ノ吉に文机《ふづくえ》を用意させ、元五郎を机の前に座らせた。

「なんて書くんで？」

言われたとおり、元五郎は矢立の墨を筆に含ませ、紙の上に筆を立てた。

「あたしの言うとおりに書いて……」

音乃がおもむろに語り出す。

「このたびの奥田義兵衛……字を書ける？」

「ああ。先をつづけてくれ」

「奥田義兵衛様の件に関しては　すべては幕府勘定奉行道中方組頭の久保様と策謀した上でのでっち上げです　白河藩阿部様の人夫と荷馬請負仕事において　不正を働いたのは当方武蔵屋でありまして　奥田様からはたしなめられこそすれ　金品を強要されたことはございません　まったくの事実無根で奥田様の解き放しをお願いする次第です……それでいいわ。あとは、日付けと名を記して、血印を捺《お》してもらおうかしら」

　文政七年八月貳拾壹日　武蔵屋主　元五郎と書き添え、親指を切った。

「これじゃ、まだ足りないねえ。そうだ……」

　音乃は元五郎の背後に回ると、手にした手下の匕首で元結の下から髷《まげ》を切った。元五郎の髪がざんばらになって落ちる。

　元五郎が書いた証文で髷を包むと、十手と共に懐深くしまい込んだ。

　江戸に戻り、あとは北町奉行榊原忠之と大目付の井上利泰に任せる以外にない。

　元五郎と猪ノ吉は、大事な生き証人である。むろん、江戸まで同行させる。

　これから戻れば、夜道にかかるが越ヶ谷宿まで行ける。武蔵屋には、もう用事はない。

「さあ、行きましょうか」

と、音乃が立ち上がったところであった。

いきなり部屋に入ってきたお光が、畳に落ちている長脇差を拾うと、元五郎の腹を目指して突き刺した。

「おっ母さんの仇《かたき》……こんな奴」

見たこともない、お光の阿修羅《あしゅら》の形相である。

「うっ」と呻き声を出して、元五郎が畳にひざまずく。

元より剣に覚えのないお光である。急所までは抉《えぐ》れず、致命傷には至らない。

「お光、何をするんで？」

すぐさま猪ノ吉は、お光の手から長脇差をもぎ取り、自分の手にしっかりと握った。

「これは、あっしがやったんで」

猪ノ吉が、お光を庇う。

「これじゃ、元五郎は江戸に連れていけないねえ。だったら、お光さんが一緒に来てくれないかい？」

「はい。もちろん、行かせてもらいます」

「元五郎に、証文を書かせておいてよかった。これさえあれば、充分」

音乃は懐深くにある証文を、外から手を当てて言った。

「お光には、大変な苦労をさせちまったな。お父っつぁんは悪さをしたけど、江戸に行ったら、お光のことはこの人たちが面倒をみてくれると思う」

猪ノ吉の言葉に、音乃は大きくうなずきを見せた。

「北町のお奉行様は、きっと味方になってくれますよ」

「音乃さんて、いってえ……？」

「鬼同心の娘で、閻魔の女房……」

猪ノ吉の問いに、音乃は笑みを浮かべて答えた。


粕壁から戻った音乃は事の処理を、梶村を通して北町奉行の榊原へと委《ゆだ》ねた。

榊原から井上利泰へと話が伝わり、その後の調査に大目付が直に動いた。

そして数日後、音乃は井上の役宅へと召し出された。

客の間で待つことしばらく、障子戸の向こうに三人の人影が立った。ゆっくりと戸が開くと、先に入ってきたのは大目付の井上であった。

あとに従う男二人に、音乃は目を瞠《みは》った。

「父上、お義父さま……」

奥田義兵衛のうしろに、巽丈一郎の姿があった。座敷の中ほどで、井上と義兵衛が上座に座り、向かい合って丈一郎と音乃が並んだ。

「今しがた、解き放たれた」

井上が、安堵の表情を浮かべて言った。

二人とも、無精髭《ぶしょうひげ》が濃くなっていたものの満面に笑みを湛《たた》え、何ごともなかったと思えるほど、元気な様子である。

「既《すんで》のところで、助かったわ」

義兵衛が、ほっとした表情を浮かべて言った。

「音乃が救ってくれると信じておったからな」

丈一郎が労《ねぎら》うように、音乃に言葉をかけた。

「それはようございました」

音乃の双眸が、潤みをもった。

うほんと一つ咳払いが入り、井上がおもむろに語り出す。

「さて、このたびのことだが……」

井上の口から、全貌が語られる。

「すべては勘定奉行道中方組頭久保伝助《でんすけ》が抱いた、義兵衛に対する私怨《しえん》が発端であった。ばかばかしいほど、ほんの些細なことよ。義兵衛に、恨まれるような覚えがあるか？」

宿場を管轄する道中奉行は、大目付と勘定奉行が兼任する役職で、両者から一人ずつが兼務することになっている。大目付は井上利泰で、勘定奉行は村垣定行であった。村垣は、老中水野忠成の元で幕府の財政を担っている。忠成の懐刀といった人物である。久保は、その村垣の配下にあった。

「いえ。久保殿とはあまりお会いしたことがございませんし……いや、もしやあのときのこと？」

言われて義兵衛がようやく思い出すほどの、小さな諍いが二人の間にあった。

一年ほど前、義兵衛と久保はとある宿場でかち合ったことがある。その夜、名主の接待があって二人は宿場一番の料亭へと赴いた。

「たしかあのとき、名主から拙者らに五十両ずつの付け届けがなされました。膝元に置かれた金を拙者が拒否したのを、久保殿は受け取れと言いまして……」

義兵衛は思い出し、そのときの経緯を語った。

賂《まいない》を受け取るか、受け取らないかで二人が揉めた。元より、政《まつりごと》における見解の相違が二人の間にはあった。

「――この俺に恥をかかせおった」

それが久保の心の内に、義兵衛への怨みとして残った。片方は忘れ、もう片方は根にもつという、その典型であった。

久保の義兵衛に対する怨恨が、一年後になって出た。白河藩阿部家の参勤交代における、口入屋同士の競合が発端となった。

生駒屋を推挙する義兵衛を陥れる、絶好の機会と久保は取った。久保は自分で描いた筋書きを、目付である浦谷永助に語り、そこから話が大きくなった。

浦谷は、政敵を潰すにもってこいの話と、大目付の笠間源太夫に話をもちかけた。そこで、奥田義兵衛をひっ捕らえよという次第となった。幕閣が絡んでの、騒動がもち上がろうとしていた。

笠間の口から『――敵に味方する者はみな潰せ』との号令が発せられた。

すでに、久保の手には負えないところまできていた。武蔵屋で義兵衛を捕らえたのは、浦谷から派遣された徒目付や黒鍬衆たちであった。

蒲生の雑木林で丈一郎を襲ったのも、すべては浦谷の仕掛けた策謀であった。義兵衛を生かして捕らえ、さらに相手を窮地に追い込む手はずであった。

そこに、音乃の訴えがあった。元五郎が書いた証文と猪ノ吉の証言が効を奏した。

井上は大目付の権限で、秘密裏に浦谷と久保を呼び出し、経緯を白状させた。そして、敵対する笠間源太夫と膝を交えた。

「――ずいぶんと、卑怯なことをなさったでござるな」

「いや、身共の預かり知らぬこと」

「この期《ご》におよんで、白《しら》を切るとは笠間様らしからぬお言葉……みな、明白でござるぞ」

井上が一膝乗り出し、笠間に詰め寄る。

「こんなことで、ご政情を乱してどうなされる？　もしも、上様のお耳にでも入ったら、いかがなされるおつもりかな」

井上の説き伏せに、笠間の肩がガクリと落ちた。

「しからば、どうすればよろしいと？」

「そんなのは、簡単。今すぐ奥田義兵衛と巽丈一郎を解き放つこと。さすれば、このたびのことはすべて不問とし、水に流しましょうぞ」

「承知つかまつった」

井上の出した条件を笠間はすべて呑んで即決で返すと、敵対する同士は何ごともなかったように元の鞘へと納まった。

真相を闇に葬ることで、世の中は変わることなく回りつづける。

――それが、政《まつりごと》というものか。

音乃はそう思いながら、井上の話を聞いていた。

「こたびのことは、すべて忘れよ」

大目付井上から釘を刺された音乃は、多少の疑問が残るものの、今となっては関わりがない。

南町奉行所に捕らえられていた生駒屋時蔵も、事実無根ということで解き放しとなった。

「――猪ノ吉へのお咎めはいかに?」

後日、音乃は梶村に問うた。

「むろん、何ごともなければ、咎めも何もなかろう」

これも、闇の奥へと葬られる。

娘のお光と一緒に暮らせると聞いた音乃は、ほっと安堵の胸をなで下ろした。

時代小説

二見時代小説文庫

挑《いど》まれた戦《たたか》い　北町影同心《きたまちかげどうしん》3

著者　沖田正午《おきだしょうご》

発行所　株式会社　二見書房
東京都千代田区三崎町二－一八－一一
電話　〇三－三五一五－二三一一［営業］
〇三－三五一五－二三一三［編集］
振替　〇〇一七〇－四－二六三九

印刷　株式会社　堀内印刷所
製本　株式会社　村上製本所

落丁・乱丁本はお取り替えいたします。
定価は、カバーに表示してあります。

 ISBN978－4－576－16131－0
http://www.futami.co.jp/

二見時代小説文庫

沖田 正午
- 陰聞き屋 十兵衛1～5
- 殿さま商売人1～4
- 北町影同心1～3

浅黄 斑
- 無茶の勘兵衛日月録1～17
- 八丁堀・地蔵橋留書1～2

麻倉 一矢
- 上様は用心棒1～2
- 剣客大名 柳生俊平1～4

井川 香四郎
- とっくり官兵衛酔夢剣1～3

大久保 智弘
- 御庭番宰領1～7

風野 真知雄
- 大江戸定年組1～7

喜安 幸夫
- はぐれ同心 闇裁き1～12
- 見倒屋鬼助 事件控1～6

倉阪 鬼一郎
- 小料理のどか屋 人情帖1～17

小杉 健治
- 栄次郎江戸暦1～15

佐々木 裕一
- 公家武者 松平信平1～14

高城 実枝子
- 浮世小路 父娘捕物帖1～3

早見 俊
- 目安番こって牛征史郎1～5
- 居眠り同心 影御用1～20

幡 大介
- 天下御免の信十郎1～9
- 大江戸三男事件帖1～5

花家 圭太郎
- 口入れ屋 人道楽帖1～3

聖 龍人
- 夜逃げ若殿 捕物噺1～16
- 火の玉同心 極楽始末1

氷月 葵
- 公事宿 裏始末1～5
- 婿殿は山同心1～3
- 御庭番の二代目1

藤 水名子
- 女剣士 美涼1～2
- 与力・仏の重蔵1～5
- 旗本三兄弟 事件帖1～3
- 八丁堀 裏十手1～8

牧 秀彦
- 孤高の剣聖 林崎重信1～2
- 神道無念流 練兵館1

森 真沙子
- 日本橋物語1～10
- 箱館奉行所始末1～5

森 詠
- 忘れ草秘剣帖1～4
- 剣客相談人1～17